D0831369

L'AUBE

Un soir d'été, le jeune résistant juif Elisha apprend qu'il est choisi pour commettre à l'aube un acte irrémédiable. Il doit tuer. Sa victime : John Dawson, un officier de l'armée d'occupation britannique en Palestine, qu'il n'a jamais rencontré et que l'on retient en otage.

Elisha a une nuit entière pour se préparer, pour assumer le rôle de bourreau. Et aussi pour défendre son acte vis-à-vis des morts qui, en juges ou en témoins, sont venus assister à l'exécution. L'aube devient ainsi le couronnement de la nuit au lieu d'être l'annonciatrice du jour. C'est l'heure où le bourreau et sa victime, se trouvant face à face, engagent un dialogue simple et tragique où étincelle l'aveuglante vérité de l'homme.

Elie Wiesel

L'AUBE

RÉCIT

Éditions du Seuil

TEXTE INTÉGRAL

ISBN 2-02-025727-0
(ISBN 2-02-000941-2, 1re publication
ISBN 2-02-009475-4, 1re publication poche)

A François Mauriac

Quelque part un enfant se mit à pleurer. Dans la maison d'en face une femme âgée ferma les persiennes. Il faisait chaud. Les soirs d'automne sont chauds en Palestine.

Debout près de la fenêtre, je regardais le crépuscule transparent qui, en tombant sur la ville, la rendait plus immobile, plus irréelle, plus lointaine, plus silencieuse qu'elle ne l'était.

Demain je tuerai un homme, pensai-je pour la centième fois, tout en me demandant si l'enfant qui pleurait et la femme d'en face le savaient.

Je ne connaissais pas l'homme. A mes yeux, il n'avait encore ni visage ni existence bien définis. Je ne savais rien de lui. Je ne savais pas s'il se grattait le nez en mangeant, s'il parlait ou s'il se taisait en faisant l'amour, s'il aimait sa haine, s'il trompait sa femme, ou son Dieu, ou son avenir. Tout ce que je savais, c'est qu'il était anglais ; qu'il était mon ennemi. Et cela, qui ne le savait ?

– Ne te tourmente pas, dit Gad à voix basse, nous sommes en guerre.

On pouvait à peine l'entendre. Je voulais lui dire qu'il pouvait parler haut, que personne ne l'entendrait. L'enfant pleurait toujours, couvrant tout bruit. Mais je n'arrivais pas à ouvrir la bouche. Je pensais à l'homme qui mourrait demain. Demain, me suis-je dit, nous serons liés l'un à l'autre pour toute éternité, comme seuls le bourreau et sa victime peuvent l'être.

– Il fait nuit, dit Gad. Veux-tu que j'allume ?

Je hochai négativement la tête. Il ne faisait pas encore nuit, pas tout à fait. Le visage n'était pas encore là, à la fenêtre. C'est lui qui me disait toujours le moment exact où la nuit chassait le jour.

L'art de pouvoir séparer le jour de la nuit, c'est un mendiant qui me l'avait enseigné. Je l'avais rencontré, un soir d'hiver, dans la synagogue surchauffée où je venais dire mes prières. Il était grand, maigre, ténébreux. Il était vêtu (pauvrement) de noir et ses yeux puisaient leurs regards à une source qui n'était pas de ce monde.

Cela se passait au début de la guerre. J'avais douze ans. Mes parents étaient encore en vie et Dieu habitait encore notre petite ville.

– Vous êtes étranger ? demandai-je au mendiant.

– Je ne suis pas d'ici, répondit-il d'une voix qui écoute plus qu'elle ne parle.

Les mendiants, je les aimais et les craignais à la fois. Je savais qu'il faut être bon envers eux car on ne sait jamais s'ils sont de vrais mendiants. Souvent, nous dit la littérature hassidique, c'est le prophète Élie qui s'habille en mendiant pour visiter la terre et le cœur des hommes. Si on est gentil avec lui, il vous offre l'éternité. Mais le prophète Élie n'est pas le seul qui aime à se promener en mendiant. L'Ange de la Mort, lui aussi, s'amuse à vous effrayer de même façon. Avec lui l'imprudence est dangereuse : il est capable de vous prendre la vie ou l'âme.

L'étranger à la synagogue me faisait peur. Je lui

demandai s'il avait faim : non, il n'avait pas faim. Avait-il besoin de quoi que ce soit ? Non, il n'avait besoin de rien. Je voulais faire quelque chose pour lui, mais je ne savais quoi.

La synagogue était vide. Les bougies allaient s'éteindre d'un moment à l'autre. Nous étions seuls. Je me sentais de plus en plus gagné par une lourde angoisse. Je savais que je ne devais pas me trouver avec lui, dans la synagogue à minuit. Car, à minuit, les morts se lèvent de leurs tombes et viennent dire leurs prières. En vous trouvant là, ils peuvent vous emmener avec eux afin de sauvegarder leur secret.

– Venez à la maison, dis-je au mendiant. Vous y trouverez à manger et un lit pour dormir.

– Je ne dors jamais, répondit le mendiant.

Maintenant j'en étais sûr. Ce n'était pas un mendiant...

Je lui dis que je devais rentrer à la maison et il s'offrit à m'accompagner un bout de chemin. Tout en marchant dans les ruelles ensevelies sous la neige, il me demanda si j'avais peur de la nuit.

– Oui, lui dis-je, j'ai peur de la nuit. » J'aurais voulu ajouter que j'avais également peur de lui, mais j'étais certain qu'il le savait.

– Il ne faut pas avoir peur de la nuit, me confia-t-il en me prenant le bras (ce qui me fit frémir). La nuit est plus pure que le jour. On pense mieux, on aime mieux, on rêve mieux la nuit. La nuit, tout devient plus intense, plus vrai. Une phrase prononcée le jour prend un sens différent, plus profond, plus lointain, quand son écho nous parvient la nuit. La tragédie des hommes, c'est qu'ils ne savent pas quand il fait nuit et quand il fait jour. Ils disent la nuit des choses qu'ils devraient dire le jour.

Arrivé à la porte de notre maison, il s'arrêta. Je lui demandai s'il ne voudrait pas entrer. Non, il ne voulait pas. Il devait partir. Je pensais : il va retourner à la synagogue pour y accueillir les morts à minuit.

– Écoute, me dit-il, et les doigts de sa main se refermèrent sur mon bras, je vais t'enseigner l'art de séparer le jour de la nuit. Regarde toujours la fenêtre – et, si tu n'en trouves pas, regarde les yeux d'un être humain ; en y voyant un visage, n'importe lequel, tu sauras que la nuit a succédé au jour. Car, sache-le, la nuit possède un visage.

Puis, sans me laisser le temps de lui dire quoi que ce soit, il me dit adieu et disparut dans la neige.

Depuis, tous les soirs, au crépuscule, j'aimais me tenir auprès d'une fenêtre pour y voir arriver la nuit. Il y avait toujours un visage de l'autre côté de la fenêtre. Ce n'était pas toujours le même, la nuit n'étant pas toujours la même. Au début, c'était celui du mendiant. Après la mort de mon père, ce fut le sien qui me regardait avec les yeux immenses de la mort et du souvenir. Parfois, ce furent des inconnus qui prêtèrent à la nuit leur visage en larmes ou leur sourire oublié. Je ne savais rien d'eux, sauf qu'ils étaient morts.

– Ne te tourmente pas, dit Gad. Ne te tourmente pas dans le noir. Nous sommes en guerre.

Je pensais à l'homme que j'allais tuer à l'aube et je pensais aussi au mendiant. Soudain, un frisson me parcourut le dos. Une pensée absurde me traversa l'esprit : et si c'était le mendiant que j'allais tuer à l'aube ?

Dehors, le crépuscule se dissipa subitement comme il arrive souvent au Moyen-Orient. L'enfant pleurait toujours et il me sembla qu'il pleurait plus tristement qu'avant. La ville ressemblait à présent à un vaisseau fantôme. La nuit l'engloutit sans bruit.

Je regardais la fenêtre où, venant des profondeurs de la nuit, un visage fait de lambeaux d'ombres commençait à se former. Je ressentis une douleur aiguë dans ma gorge. Elle déchira mon être. Ahuri, je ne pouvais arracher mon regard du visage.

C'était le mien.

Une heure plus tôt, Gad m'avait annoncé la décision du Vieux : l'exécution aurait lieu. Demain, à l'aube. Tous les condamnés meurent à l'aube.

La décision du Vieux n'avait pas été une surprise pour moi. Je m'y attendais. Tout le monde s'y attendait. Les habitants de Palestine savaient : le Mouvement tient parole. Toujours. Les Anglais le savaient aussi.

Un mois auparavant, un de nos combattants, blessé au cours d'une opération terroriste, avait été ramassé par la police. On avait trouvé des armes sur lui. Un tribunal militaire, appliquant les lois martiales promulguées dans le pays, avait rendu le verdict auquel on s'attendait : la mort par pendaison.

C'était la dixième condamnation à mort dont les autorités mandataires nous frappaient. Le Vieux décida que c'en était assez : il ne pouvait permettre aux Anglais de transformer la Terre sainte en échafaud. Il annonça donc la nouvelle politique du Mouvement : les représailles.

Par des affiches collées la nuit et des émissions de radio clandestines, le Mouvement lança aux Anglais un avertissement solennel : Ne pendez pas David ben Moshe ; ne le pendez pas, car sa mort vous coûterait cher. Dorénavant, chaque fois qu'un combattant juif sera pendu, une mère anglaise pleurera la mort de son fils.

Pour donner plus de poids à nos paroles, le Vieux donna l'ordre de prendre un otage, de préférence un officier. Le sort voulut que ce fût un capitaine nommé John Dawson. Il se promenait seul, le soir, et nos hommes étaient à l'affût d'officiers anglais qui se promenaient seuls, le soir.

L'enlèvement de John Dawson mit le pays dans un état de tension très grande. L'armée britannique proclama le couvre-feu pour quarante-huit heures. Chaque maison fut fouillée de fond en comble. Des centaines de suspects furent arrêtés. Des tanks prirent position à tous les carrefours. Les toits des maisons furent transformés en nids de mitrailleuses. Des barbelés firent leur apparition à tous les coins de rues. La Palestine devint une prison gigantesque.

Mais, au cœur de cette prison aux dimensions énormes, s'en trouvait une autre : c'était là que le Mouvement gardait son otage qui, aux yeux de ses frères en armes, resta introuvable.

Le haut-commissaire pour la Palestine avertit la population, dans une proclamation brève et terrifiante, qu'elle serait tenue responsable si John Dawson, capitaine au service de Sa Majesté, était exécuté par les terroristes.

La rue prit peur. Le terme *pogrom* fut mentionné dans les conversations.

– Tu crois qu'ils en seraient capables ?

– Pourquoi pas ?

– Les Anglais ? Les Anglais seraient capables d'organiser un *pogrom* ?

– Pourquoi pas ?

– Ils n'oseront pas.

– Pourquoi pas ?

– Le monde ne les laissera pas faire.

– Pourquoi pas ? Souviens-toi d'Hitler ; le monde l'a laissé faire.

La situation était grave ; les dirigeants sionistes, prêchant la prudence et condamnant le terrorisme, se mirent immédiatement en rapport avec le Vieux. Ils le supplièrent : N'allez pas trop loin ; il y va de la vie même du pays ; ne tuez pas l'officier britannique ; on parle de *pogroms*, de vengeances ; vous mettez en danger la vie de femmes et d'hommes innocents.

Le Vieux leur répondit : Si David ben Moshe meurt, John Dawson mourra aussi. Si le Mouvement reculait, ce serait la victoire des Anglais ; ce serait un signe de faiblesse de notre part ; ce serait un aveu d'impuissance ; ce serait comme si nous disions aux Anglais : allez-y, libre à vous de pendre les jeunes Juifs qui vous tiennent tête. Non, le Mouvement ne reculera pas. La violence, voilà le langage qu'ils comprennent. Homme pour homme. Mort pour mort.

La lutte gagna l'attention du monde entier. La grande presse, à Paris, à Londres, à New York, en fit des manchettes. Une dizaine d'envoyés spéciaux s'envolèrent en direction de Lydda. David ben Moshe et John Dawson se partagèrent les premières pages des journaux et des magazines. Jérusalem était redevenue le centre de l'univers.

A Londres, une femme fut reçue en audience par le ministre des Colonies ; elle intervint en faveur du terroriste juif. C'était la mère de John Dawson. Elle implorait la grâce pour David ben Moshe dont la vie était liée à celle de son fils. Le ministre, grave et souriant, lui répondit : Ne craignez rien, madame. Les Juifs n'oseront pas. Vous les connaissez : ils crient, ils pleurent, ils prononcent des paroles dont le sens même leur fait peur. Non, madame, rassurez-vous. Votre fils ne mourra pas.

Le haut-commissaire n'en était pas aussi convaincu. Il envoya un câble au *Colonial Office* recommandant la grâce. La raison : ce geste nous attirera la sympathie et l'appui de l'opinion publique, aussi bien en Palestine qu'à l'étranger.

La réponse de Londres lui parvint par téléphone. Le ministre lui-même était au bout du fil. La recommandation avait été examinée en séance de cabinet. Deux membres du gouvernement l'avaient secondée. Les autres s'y opposaient. Pour des raisons politiques en tout premier lieu, mais il y allait aussi du prestige de la Couronne, de l'Empire. Cette grâce serait interprétée comme un signe de faiblesse. Cela pourrait donner des idées à d'autres jeunes soi-disant idéalistes, dans d'autres colonies. On dirait : « En Palestine, c'est un groupe de terroristes qui dit à la Grande-Bretagne ce qu'elle doit et ne doit pas faire. » Nous serons la risée du monde, ajouta-t-il. D'ailleurs, pensez aussi à la Chambre des communes. L'opposition, qui a déjà marqué des points, nous balaiera.

– Alors, c'est non ? demanda le haut-commissaire pour la Palestine.

– C'est non.

– Et John Dawson, Excellence ?

– Ils n'oseront pas.

– Je crains devoir exprimer une opinion contraire.

– C'est votre droit.

Quelques heures plus tard, la radio officielle de Jérusalem annonçait : l'exécution de David ben Moshe aura lieu demain à l'aube, dans la prison d'Acre. Les parents du condamné ont été autorisés cet après-midi à venir lui rendre visite et lui dire adieu. Le haut-commissaire appelle la population à rester calme.

Puis vinrent les autres informations : aux Nations unies, on se prépare aux débats sur la Palestine ; dans la Méditerranée, deux bateaux, ayant à bord des immigrants illégaux faisant route pour Haïfa, ont été arraisonnés : les passagers seront internés à Chypre. Accident de voiture à Natanya : un mort, deux blessés. Le temps qu'il fera demain : chaud, ciel clair, visibilité illimitée. Nous répétons notre premier bulletin : David ben Moshe, condamné à mort pour actes de terrorisme, sera exécuté...

Le speaker n'avait rien dit au sujet de John Dawson. Mais tous ceux qui, courbés d'angoisse et d'attente, l'écoutaient, savaient : il mourra. Le capitaine anglais suivra David ben Moshe dans la mort. Le Mouvement tiendra parole.

– Qui est-ce qui exécutera John Dawson ? demandai-je à Gad.

– Toi, répondit-il.

– Moi ? » demandai-je, surpris. Je n'en croyais pas mes propres oreilles.

– Toi », répéta Gad. Il ajouta après un moment : « Ce sont les ordres du Vieux.

J'eus l'impression d'avoir reçu un coup de poing en plein visage. La terre s'ouvrit sous mes pieds et je me sentis tomber, tomber dans le vide où toute existence prend la forme d'un cauchemar.

– C'est la guerre, dit Gad.

Sa voix me parvenait de loin, de si loin que j'avais de la peine à l'entendre.

– C'est la guerre. Ne te tourmente pas.

Demain, je tuerai un homme, pensai-je dans ma chute. Je tuerai un homme, moi.

Je m'appelle Elisha.

A l'époque où cette histoire se situe, j'avais dix-huit ans. C'était Gad qui m'avait fait venir en Palestine ; c'était lui qui m'avait fait joindre le Mouvement ; c'était lui qui m'avait transformé en terroriste.

Je l'avais rencontré à Paris, où j'habitais depuis la fin de la guerre. J'y étais arrivé tout droit de Buchenwald.

Lorsque le camp fut libéré par l'armée américaine, celle-ci m'offrit de me faire rapatrier à la maison. Je repoussai cette offre. Je ne voulais pas revivre mon enfance ; je ne voulais pas revoir notre maison que des étrangers sans doute occupaient. Je savais que mes parents n'étaient plus en vie ; je savais aussi que ma ville natale était sous occupation soviétique. Pourquoi y retourner ? Non, merci bien, répondis-je. Je ne veux pas rentrer à la maison.

– Où donc voudrais-tu aller ? me demanda-t-on.

Je répondis que je ne savais pas, que cela m'était égal. J'irais n'importe où.

Après être resté cinq semaines dans Buchenwald libéré, je fus mis dans un train en direction de Paris. La France m'offrit refuge. Arrivé à Paris, une œuvre de secours m'envoya passer un mois de vacances – pour que je puisse me rétablir – dans un camp de jeunes en Normandie.

De retour à Paris, la même œuvre de secours me procura une chambre dans la rue de Marois et me donna une petite bourse qui me permit de vivre et de payer les leçons de français qu'un monsieur moustachu – dont j'ai oublié le nom – me donna tous les jours, sauf les samedis et dimanches. Je désirais acquérir une maîtrise suffisante de la langue française pour pouvoir suivre les cours de philosophie à la Sorbonne.

La philosophie m'attirait : je voulais comprendre le sens des événements dont j'étais la victime. Ce cri de douleur, de colère, que j'avais poussé au camp contre Dieu et contre l'homme qui ne lui ressemble que dans la cruauté, je voulais le réentendre dans les termes du présent, l'analyser dans un climat de détachement.

Tant de questions m'obsédaient. Où trouve-t-on Dieu ? Dans la souffrance ou dans le refus ? Quand un homme est-il humain ? En disant oui ou en criant non ? Où la souffrance mène-t-elle l'homme ? A la pureté ou à la bestialité ?

La philosophie me fournira les réponses à ces questions, espérais-je. Elle dissipera mes doutes, mes souvenirs, mon sentiment de culpabilité. Elle les dissipera ou, du moins, les rendra clairs, cristallisés.

Mon dessein était de m'inscrire à la Sorbonne et d'y suivre les cours assidûment.

Je n'en fis rien.

Ce fut Gad qui m'arracha à mes études. Si, aujourd'hui encore, je ne suis qu'interrogation, c'est à lui qu'incombe cette responsabilité.

Un soir, on frappa à la porte de ma chambre. Je l'ouvris en me demandant qui cela pouvait bien être. Je n'avais pas d'amis à Paris. Je ne connaissais personne et passais la majeure partie de mon temps assis dans la chambre avec un livre, ou la main devant les yeux, devant le passé.

– Je voudrais vous parler.

L'homme qui se tenait dans l'entrebâillement de la porte était jeune, grand, svelte. Vêtu d'un imperméable, il avait l'air d'un policier, ou d'un aventurier.

– Entrez, lui dis-je après qu'il fut déjà dans la chambre.

Il n'enleva pas son imperméable. Silencieux, il

s'approcha de la table, prit en main les quelques livres qui y étaient amassés, les feuilleta, l'air absent, puis les laissa tomber. Il leva alors son visage vers moi.

– Je sais qui vous êtes, me dit-il. Je sais tout à votre sujet.

Il avait un visage bronzé, énergique, des cheveux en broussaille. Une boucle lui tombait sans cesse sur le front. Sa bouche était dure, presque cruelle ; aussi accentuait-elle la bonté, l'intensité intelligente de son regard.

– Vous avez plus de chance que moi, lui répondis-je. Moi, je ne sais que très peu de choses sur moi-même.

Un sourire effleura ses lèvres.

– Je ne suis pas venu pour parler de votre passé, me dit-il.

– L'avenir ne présente pour moi qu'un intérêt très limité, lui répondis-je.

Il continua à sourire.

– L'avenir ? demanda-t-il. Y êtes-vous attaché ?

Je me sentais mal à l'aise avec lui. Je ne le comprenais pas. Le sens de ses questions m'échappait. Quelque chose en lui m'agaçait. Peut-être était-ce sa supériorité sur moi, due au fait qu'il savait qui j'étais, tandis que, moi, j'ignorais jusqu'à son nom. Il posait sur moi un regard reflétant tant de familiarité, tant d'attente que, pour un instant, je me dis qu'il s'était trompé de personne, que ce n'était pas moi qu'il venait voir, mais quelqu'un d'autre.

– Qui êtes-vous ? lui demandai-je. Qui êtes-vous ? Que voulez-vous de mon avenir ?

– Je m'appelle Gad », répondit-il d'une voix profonde, réfléchie, à la manière de quelqu'un qui vous offre une phrase kabbalistique contenant des réponses à toutes les questions. Il dit : « Je m'appelle Gad », comme Dieu dit : *Je suis Celui que Je suis.*

– Bon, lui dis-je, mi-curieux, mi-inquiet. Vous vous appelez Gad. Enchanté. Et, maintenant que les présentations sont faites, vous pourriez peut-être me dire le but de votre visite. Que me voulez-vous ?

Je sentis son regard me pénétrer jusqu'au fond de mon être. Il le laissa en moi quelques instants puis, d'une voix calme, naturelle, usant d'un ton d'affaires, il me répondit :

– Je veux que vous me donniez votre avenir.

Enfant, élevé dans un milieu hassidique, j'avais entendu beaucoup d'histoircs étranges au sujet du Meshulah, ce messager mystérieux du destin qui peut faire n'importe quoi, n'importe quand, n'importe comment. Ce messager – dont la voix vous fait frissonner – est tout-puissant, puisque sa mission le dépasse et vous dépasse. Chaque mot qu'il prononce relève de l'absolu, de l'infini ; son sens vous attire et vous fait peur. Gad est sans doute un Meshulah, me suis-je dit. Ce n'était pas son apparence physique qui me faisait penser cela ; c'était sa voix, c'était ce que cette voix disait :

– Qui êtes-vous ? lui demandai-je à nouveau.

Il me faisait peur. Quelque chose en moi me disait qu'au bout du chemin que je ferais avec lui m'attendrait un homme qui me ressemblerait et que je haïrais. Je crois que, déjà, je savais qu'un jour je tuerais un homme.

– Je suis un messager.

Je me sentis devenir blême. J'avais donc deviné juste. C'était un messager. L'homme du destin. A lui, on ne pouvait rien refuser. Il faut tout lui donner, même l'espoir, s'il vous le demande.

– Vous voulez mon avenir, lui dis-je. Qu'en feriez-vous ?

Il se remit à sourire, mais son sourire était froid, distant, fermé. Ainsi sourit quelqu'un qui possède un pouvoir sur les hommes.

– J'en ferai un cri, et une lueur étrange s'alluma dans les ténèbres de ses yeux. Un cri de désespoir d'abord, d'espérance ensuite. A la fin, ce sera un cri de victoire.

Je m'assis sur mon lit en lui offrant l'unique chaise qui meublait la chambre. Il resta debout. Dans les légendes hassidiques, le Messager est toujours debout comme si son corps devait, par tous les temps, servir d'agent de liaison entre le ciel et la terre.

Debout, la tête penchée sur l'épaule droite, vêtu de son imperméable – dont il semblait ne jamais se séparer –, le regard et les lèvres en feu, il se mit à me parler du Mouvement.

Il fumait beaucoup. Mais, même lorsqu'il était en train d'allumer une cigarette, il maintenait son regard oblique sur moi et le flot de ses paroles ne s'arrêtait pas.

Gad parla jusqu'au matin, et je l'écoutais, les yeux et l'âme ouverts. Ainsi écoutais-je, enfant, mon vieux maître à la barbe jaunie qui me fit découvrir l'univers mystérieux de la Kabbale, où toute idée est une histoire, où toute histoire – même celle relatant la vie d'une ombre – est étincelle d'éternité.

Cette nuit-là, Gad me parla de la Palestine, du rêve millénaire des Juifs d'y rééablir une patrie indépendante et libre, une patrie où tous les actes humains seraient des actes libres.

Il me décrivit la lutte acharnée que le mouvement terroriste menait contre les Anglais.

– Le gouvernement anglais a envoyé cent mille

soldats pour maintenir ce qu'il appelle l'ordre. Nous – je veux dire le Mouvement – ne comptons qu'une centaine de camarades. Mais nous les faisons trembler. Vous m'entendez ? Les Anglais, nous les faisons trembler, s'écria-t-il, et je vis dans le noir de ses yeux une centaine d'étincelles qui firent trembler cent mille uniformes.

C'était la première fois de ma vie que j'entendais une histoire juive où ce n'était pas les Juifs qui tremblaient. Jusqu'alors j'avais toujours cru que la mission du Juif consistait à être le tremblement de l'Histoire, plutôt que le vent qui la fait trembler.

– Les paras, les chiens policiers, les tanks, les avions, les mitraillettes, les bourreaux, ils tremblent tous, répéta Gad. La Terre sainte est devenue pour eux terre de terreur. Ils n'osent pas sortir dans la rue, la nuit ; ils n'osent pas regarder une jeune fille dans les yeux, de peur qu'elle ne leur tire une balle dans le ventre ; ils n'osent pas caresser la tête d'un enfant, de crainte qu'il ne leur lance une grenade au visage. Ils n'osent parler. Ils n'osent se taire. Ils ont peur.

Des heures durant, Gad me découvrit les nuits bleues de Palestine, leur beauté calme et sereine. Vous vous promenez le soir, avec une femme, vous lui dites que vous l'aimez, qu'elle est belle, et vingt siècles l'apprennent aussitôt. Mais les nuits ne sont pas source de beauté en ce qui concerne les Anglais. Pour eux, elles s'ouvrent et se referment comme des tombes. Chaque soir, un, deux, dix soldats entrent dans la nuit et n'en sortent plus.

Gad m'expliqua ce qu'il attendait de moi : que je l'accompagne, que j'abandonne tout et parte me joindre à la lutte. Le Mouvement a besoin de forces nouvelles, de renforts. Le Mouvement a besoin de jeunes qui lui offrent leur avenir. La somme de ces avenirs, c'est la liberté d'Israël, c'est l'avenir de la Palestine.

C'était la première fois que j'entendais parler de tout cela. A la maison, mes parents n'étaient pas sionistes. Sion, pour moi, c'était une idée sainte, divine, un espoir messianique, une prière, un battement de cœur – et non un lieu géographique, une réalité politique, une cause au nom de laquelle on meurt ou on tue.

Les contes de Gad me fascinaient. Je vis en lui un prince de l'histoire juive, messager de la légende, envoyé par le destin à travers les mondes de mon imagination, avec mission de dire au peuple dont le passé devint religion : Venez, venez, venez. L'avenir vous attend. Il vous ouvre les bras. Dorénavant, vous ne serez plus persécutés, humiliés, bafoués, ni même pris en pitié. Vous ne serez plus des étrangers vivant dans des temps qui ne sont pas les vôtres, dans un espace qui ne vous appartient pas. Venez, frères, venez.

Gad se tut et alla à la fenêtre pour voir l'aube se lever. La nuit commença à se dissiper. Une lumière pâle, déjà fatiguée, couleur d'eau moisie, envahit la petite chambre de la rue de Marois.

– J'accepte, dis-je.

Je dus le dire si bas que Gad ne put l'entendre. Il resta debout près de la fenêtre et, après un moment de silence, se tourna vers moi et remarqua :

– Voilà l'aube. Chez nous, elle est différente. Ici, l'aube est grise ; chez nous, en Palestine, elle est rougeâtre, couleur de feu.

– J'accepte, Gad, répétai-je.

– Je t'avais entendu, répondit-il avec un sourire qui avait la couleur de l'aube. Tu pars dans trois semaines.

Une brise légère me fit frissonner. Nous étions en automne. Trois semaines, pensai-je. Ensuite, c'est l'inconnu. Peut-être était-ce cette pensée et non pas la brise qui me faisait frissonner.

Je crois que, déjà, à ce moment-là, quelque chose en moi savait qu'au bout du chemin que j'allais parcourir aux côtés de Gad, un homme m'attendrait, un homme qui me ressemblerait, un homme qui serait appelé à tuer un autre homme qui, peut-être, lui ressemblerait.

« Ici, la Voix de Jérusalem... Voici nos informations... L'exécution de David ben Moshe aura lieu demain à l'aube... Le haut-commissaire lance un appel au calme à toute la population... Couvre-feu à partir de neuf heures du soir... Ne sortez pas dans la rue... Je répète, ne sortez pas dans la rue... L'armée a reçu l'ordre de tirer à vue... »

La voix du speaker trahissait son émotion. En prononçant le nom de David ben Moshe, il devait avoir les larmes aux yeux.

Le jeune combattant juif fut le héros du jour dans le monde entier. Tous les mouvements de résistance en Europe organisèrent des manifestations devant les ambassades de Grande-Bretagne. Les grands rabbins de toutes les capitales signèrent un télégramme adressé à Sa Gracieuse Majesté. Le télégramme contenait une seule phrase : Ne pendez pas un jeune rêveur dont l'idéalisme est le seul crime. Une phrase, suivie d'une trentaine de noms. Une délégation juive fut reçue à la Maison Blanche et le Président promit d'intervenir en faveur du jeune Juif. Ce jour-là, l'humanité avait un cœur : celui de David ben Moshe.

Il était huit heures. Dehors, il faisait déjà nuit. Gad fit de la lumière. L'enfant s'était remis à pleurer.

– Les salauds, dit Gad. Ils le pendront.

Il avait le visage et les mains en feu. L'inquiétude le gagna. Il se mit à marcher dans la chambre, alluma une cigarette et la jeta aussitôt pour en allumer une nouvelle.

– Ils le pendront. Ils le pendront, répéta-t-il. Ah, les salauds !

Le speaker finit de donner les informations. Un programme de musique chorale suivit. J'allais fermer le poste, mais Gal intervint.

– Il est huit heures et quart. Cherche notre station.

Nerveux, je ne réussis pas à la trouver.

– Laisse-moi faire, lança Gad.

L'émission venait de commencer. La speakerine avait une voix très belle, très grave. La Palestine connaissait cette voix. Tous les soirs, à huit heures et quart, dans toutes les maisons, hommes, femmes, enfants interrompaient travaux et jeux pour écouter la voix chaude et mystérieuse de celle qui commençait toujours ses émissions par les six mots familiers : « Ici, la Voix de la Liberté... »

Les Juifs de Palestine aimaient cette jeune fille, ou cette femme, sans savoir qui elle était. Les Anglais auraient donné cher pour lui mettre la main dessus. A leurs yeux, elle était aussi dangereuse que le Vieux. Elle aussi faisait partie de la légende. Mais très peu de gens savaient à qui appartenait cette voix d'or. Leur nombre ne dépassait pas cinq. Gad savait. Je savais. Nous connaissions la speakerine. C'était Ilana. Gad l'aimait et elle aimait Gad. Moi, j'aimais leur amour. J'avais besoin de lui. Il m'était nécessaire de savoir que l'amour existe et qu'il enfante des sourires et des joies.

– Ici, la Voix de la Liberté, répéta Ilana.

Un frisson parcourut le visage sombre de Gad. Il se

tenait près de l'appareil, penché vers lui, brisé en deux. On aurait dit qu'il voulait toucher de sa main, de ses yeux, la voix pure, la voix émouvante d'Ilana qui, ce soir, était aussi la mienne et celle de la Palestine.

– Deux hommes se préparent à rencontrer la mort demain, à l'aube, dit Ilana comme si elle lisait un passage d'une Bible réécrite chaque jour. L'un mérite notre admiration ; l'autre notre pitié. David ben Moshe, notre frère devenu guide, sait pourquoi il meurt ; John Dawson ne le sait pas. Ils sont jeunes tous deux. Ils sont beaux, intelligents, ouverts au bonheur et à la vie. Ils auraient pu être amis. Ils ne le seront pas. Ils ne le seront plus. Demain, à l'aube, ils mourront. Ils mourront à la même heure, à la même minute – mais pas ensemble. Un abîme les sépare. La mort de David ben Moshe a un sens. Celle de John Dawson n'en a pas. David est un héros, John, une victime...

Ilana parla une vingtaine de minutes. La dernière partie de son émission fut entièrement dédiée à John Dawson qui, plus que David ben Moshe, avait besoin de réconfort et de paroles.

Je ne connaissais ni David ni John mais je me sentis lié à eux et à ce qui leur arrivait. Soudain, une idée, en éclair, me traversa l'esprit. En évoquant la mort qui attendait John Dawson, Ilana a parlé de moi. C'est moi qui le tuerai. Et qui tuera David ben Moshe ? Pour un instant j'eus l'impression que c'était moi qui allais tuer l'un et l'autre, et tous les David, tous les John de la terre, que j'étais leur bourreau. Voilà, pensai-je. Dix-huit ans. Dix-huit ans de recherches, de souffrances, d'études, de révoltes. Voilà le résultat. Je voulais comprendre l'essence de la pureté humaine. Je cherchais le chemin qui mène à l'homme. J'ai fait des efforts pour être dans le vrai, et me voilà en train de devenir meurtrier, associé de la mort et de Dieu. Je m'approchai du miroir qui pendait au mur. Je voulais me voir. Je me vis. J'étouffai un cri sourd : j'avais des yeux partout.

Enfant, j'avais peur de la mort ; non que j'aie eu peur de mourir. Mais, chaque fois que je pensais à la mort, je tremblais d'angoisse.

– La mort, disait mon vieux maître kabbaliste à la barbe jaunie, nommé Kalman, la mort est un être qui n'a ni mains, ni jambes, ni bouche, ni tête. Elle est faite d'yeux. Si tu rencontres un jour un être qui a des yeux partout, sache que c'est la mort.

Gad se tenait toujours immobile près de l'appareil et écoutait intensément ce que disait Ilana.

– Regarde-moi, lui dis-je.

Il ne m'entendit pas.

– Vous avez une mère, John Dawson, disait Ilana. Elle est en train de pleurer ou de désespérer en silence. Elle n'ira pas se coucher cette nuit. Elle restera assise dans son fauteuil, près de la fenêtre et, montre en main, attendra l'aube. Puis son cœur aura un sursaut. A ce moment même, le vôtre cessera de battre. « Ils ont tué mon fils, va-t-elle s'écrier avant de s'effondrer. Les assassins !... » Non, madame Dawson, nous ne sommes pas des assassins.

– Regarde-moi, Gad, répétai-je.

Il leva les yeux, me regarda, haussa les épaules et rejoignit la voix d'Ilana. Gad ne sait pas que je suis la mort, pensai-je. Mais elle doit le savoir, elle, cette mère silencieuse assise, seule, devant la fenêtre donnant sur un jardin blanc, quelque part dans les environs de Londres. Elle le sait sans doute. Elle le devine. Elle regarde la nuit qui a peut-être mon visage, mon visage qui a des yeux partout.

– Non, madame Dawson. Nous ne sommes pas des

assassins. Vos ministres le sont. Ce sont eux qui tueront votre fils demain matin. Nous, nous aurions voulu l'aimer, l'accueillir en frère, lui offrir du pain et du lait et lui parler de la beauté de notre pays. Mais votre gouvernement, madame, en fit notre ennemi et, par là même, signa son arrêt de mort. Mais nous ne sommes pas des assassins...

J'enfouis ma tête dans mes mains. L'enfant ne pleurait plus.

J'avais déjà tué auparavant ; j'en étais sûr. Il n'en pouvait être autrement. Mais les circonstances étaient différentes. L'acte avait d'autres dimensions, d'autres témoins.

Depuis mon arrivée en Palestine, quelques mois plus tôt, j'avais participé à de nombreux engagements avec la police, à des douzaines d'opérations de sabotage, à des attentats contre les convois militaires, parcourant les chemins verts de la Galilée ou les routes blanches du désert. Souvent, il y avait eu des morts des deux côtés. Cependant, la proportion penchait toujours en notre faveur, car la nuit était notre alliée. Invisibles et insaisissables, nous pouvions frapper aux endroits les plus surprenants, aux moments les plus inattendus, détruire un camp militaire, abattre une douzaine de soldats et disparaître sans laisser de traces. L'objectif du Mouvement était : tuer le plus grand nombre possible de soldats. C'était aussi simple que cela.

On s'était efforcé de m'ancrer cette idée dans l'esprit dès le premier jour, dès les premiers pas sur la terre de Palestine. Deux camarades m'avaient accueilli à la descente du bateau à Haïfa, pris dans leur voiture et emmené dans une maison à deux étages qui se trouvait quelque part entre Ramat-Gan et Tel-Aviv. Louée au nom d'un professeur de langues (pour justifier aux yeux des voisins les allées et venues d'un si grand nombre de garçons et de filles), elle servait au Mouvement qui y avait organisé des cours de terrorisme pour les nouveaux venus, dont j'étais. En outre, la maison – que nous appelions l'école – était munie d'une prison souterraine où nous gardions prisonniers, otages et camarades recherchés par la police. C'est dans cette prison même que John Dawson attendait, cette nuit-là, son exécution. La cachette était absolument sûre, ne présentant aucun risque de découverte. Plusieurs fois l'armée et la police avaient fouillé la maison de fond en comble ; leurs chiens policiers s'étaient trouvés plus d'une fois à proximité de John Dawson. Un mur les séparait ; ils ne l'avaient pas franchi.

Le commandant du cours, c'était Gad, mais d'autres instructeurs, toujours masqués, nous enseignaient l'art de manier le revolver, le fusil-mitrailleur, la grenade. Nous apprenions aussi à utiliser le poignard avec efficacité, à étrangler un homme sans bruit et à nous évader de n'importe quelle cellule.

Le cours durait six semaines. Deux heures par jour, Gad nous parlait de la politique du Mouvement. Son but : chasser les Anglais. Sa méthode : la peur, le terrorisme, la mort.

– Le jour où Londres comprendra que, pour rester en Palestine, l'Angleterre doit payer le prix du sang, l'occupation britannique touchera à sa fin, assurait Gad. Je le sais bien. C'est injuste. C'est inhumain. C'est cruel. Mais nous n'avons pas le choix. Pendant des générations nous avons voulu être meilleurs, plus purs que ceux qui nous persécutaient. Vous savez le résultat :

Hitler, les camps d'extermination en Allemagne. Eh bien, nous en avons assez d'être plus justes que ceux qui prétendent parler au nom de la justice. Ils n'invoquaient pas la justice quand le tiers de notre peuple était anéanti par les nazis. Quand on tue les Juifs, tout le monde se tait. Vingt siècles de notre histoire le prouvent. Nous ne pouvons compter sur personne, sinon sur nous-mêmes. S'il faut devenir injuste et inhumain pour chasser ceux qui sont injustes et inhumains envers nous, nous le deviendrons. Nous n'aimons pas semer la mort. Jusqu'à présent, nous avons toujours préféré le rôle de la victime à celui du bourreau. TU NE TUERAS POINT : ce commandement fut donné à l'humanité du sommet de l'un des monts de Palestine. Nous étions les seuls à y obéir. Nous cesserons de l'être. Nous serons comme tout le monde. La mort sera, non pas notre métier, mais notre devoir. Pendant les jours, les semaines, les mois à venir, vous n'allez penser qu'à ceci : tuer ceux qui font de nous des meurtriers... Tuez-les pour que nous puissions redevenir des hommes...

Le dernier jour, un inconnu, masqué lui aussi, fit son apparition et nous parla du onzième commandement du Mouvement : hais ton ennemi. Il avait une voix douce, timide, romantique. Je crois que c'était le Vieux. Je n'en suis pas sûr, mais les quelques mots qu'il prononça nous firent trembler d'émotion, d'enthousiasme brûlant. Longtemps après qu'il nous eut quittés, je sentis encore ses mots vibrer en moi. Grâce à lui, je pénétrais dans un monde messianique où le destin avait le visage d'un mendiant masqué, où pas un acte ne se perdait, où pas un regard n'était gaspillé.

Je me souvenais de ce que mon vieux maître à la barbe jaunie m'avait dit un jour en m'expliquant le sixième commandement : pourquoi un homme n'aurait-il pas le droit de tuer ? En tuant, expliquait-il, l'homme devient Dieu. Et nous n'avons pas le droit de le devenir trop facilement.

Eh bien, pensai-je alors, s'il est besoin de devenir Dieu pour pouvoir changer le cours de notre histoire, nous le deviendrons, et on va voir si cela est facile. Non, ce n'était pas facile.

La première fois que j'avais participé à une opération, j'avais dû faire des efforts surhumains pour surmonter ma nausée.

Je me faisais horreur.

Je me voyais avec les yeux du passé. Je m'imaginais en uniforme, en uniforme gris foncé, en uniforme SS.

La première fois...

... Ils couraient comme des écureuils, des écureuils devenus ivres, à la recherche d'un arbre ou d'une branche d'ombre. On aurait dit qu'ils n'avaient ni tête ni mains : ils n'avaient que des jambes. Et elles couraient, ces jambes, elles couraient comme des écureuils enivrés qu'on aurait abreuvés de vin et de douleur. Mais nous étions là. Nous les avons entourés d'un cercle de feu auquel il leur était impossible d'échapper. Nous étions là avec nos mitrailleuses, et nos balles étaient un mur, un mur enflammé contre lequel leurs vies se brisaient, accompagnées de cris d'agonie que j'entendrai jusqu'au dernier jour de mon existence.

Nous étions six. Je ne sais plus quels étaient les cinq autres. Ce que je sais, c'est que Gad n'en faisait pas partie. Ce jour-là, il était resté à l'école comme s'il voulait, par ce geste, nous prouver sa confiance en nous, comme s'il tenait à nous dire : Allez-y. Maintenant vous pouvez vous débrouiller sans moi. Il resta donc à l'école. Mes cinq camarades et moi, nous sommes partis tuer ou nous faire tuer.

– Bonne chance, avait dit Gad en nous serrant la main. Je resterai ici jusqu'à votre retour.

C'était la première fois que j'étais choisi pour participer à une opération. Je savais qu'en revenant – si je revenais – je ne serais plus le même. J'aurais essuyé le baptême du feu, le baptême du sang. Je savais que je me sentirais différent, mais je ne me doutais pas que cette différence me donnerait envie de vomir.

Notre mission était d'attaquer un convoi militaire sur la route de Haïfa à Tel-Aviv. Lieu exact : le tournant, près du village de Hedera. Temps : fin de l'après-midi.

Habillés en ouvriers rentrant de leur travail, nous arrivâmes sur place une demi-heure avant l'heure H. Il ne fallait pas venir trop tôt ; nous aurions risqué d'attirer l'attention sur nous.

Nous installâmes nos mines de chaque côté du tournant et occupâmes les positions d'attaque selon le plan établi. Une voiture nous attendait à une distance de cinquante mètres : elle devait nous conduire jusqu'à Petach Tikva, où trois autres voitures se tenaient prêtes pour nous ramener à la base – l'école – séparément.

Le convoi était exact au rendez-vous : trois voitures ouvertes, une vingtaine de soldats. Le vent jouait avec leurs cheveux. Le soleil frappait leurs visages.

En arrivant au tournant, la première voiture sauta sur une de nos mines. Les deux autres voitures s'arrêtèrent d'un coup, avec une protestation aiguë des freins.

Les soldats sautèrent à terre tandis que, de nos positions confortables, nous les prenions en feux croisés.

Ils coururent en toutes directions, têtes baissées,

mais, les jambes coupées par nos balles comme par une immense faucille, ils tombèrent en poussant des cris.

La scène ne dura que soixante secondes. Nous nous retirâmes en bon ordre. Tout se déroula sans le moindre accroc. C'était une opération réussie.

Gad nous attendait à l'école. Nous lui fîmes notre rapport. Son visage rayonna. Il était fier de nous.

– Magnifique, dit-il en jubilant. Le Vieux n'en croira pas ses oreilles.

C'est alors que la nausée me contracta soudain l'estomac. Je vis devant mes yeux les jambes qui couraient comme des écureuils enivrés, et je me fis horreur.

Je revis en mémoire les soldats SS dans les ghettos de Pologne. C'était ainsi qu'ils abattaient les Juifs, jour après jour, nuit après nuit. Quelques mitraillettes ici et là ; un officier qui, riant ou mangeant, donnait un ordre bref : *Feuer !* Et la faucille de feu se mettait à faucher têtes et jambes. Quelques Juifs tentaient de franchir le cercle mais ils se cognaient la tête contre le mur enflammé et infranchissable. Ils couraient, ils couraient, eux aussi, comme des écureuils abreuvés de vin et de douleur et, à eux aussi, la mort coupait les jambes, brusquement...

Non, ce n'était pas facile de devenir Dieu ; surtout quand il fallait pour cela l'habiller en uniforme gris foncé, en uniforme SS.

Mais toujours est-il que c'était plus facile que d'exécuter un otage.

Lors de la première opération – et de celles qui suivirent – je n'étais pas seul. J'avais tué, c'est vrai, mais en groupe. Jamais seul. Avec John Dawson, je le serais.

Je regarderais son visage et lui verrait le mien, et il s'apercevrait que j'avais des yeux partout.

– Ne te tourmente pas, Elisha, dit Gad qui m'observait depuis un bon moment, après avoir fermé l'appareil de T.S.F. C'est la guerre.

J'aurais voulu lui demander si Dieu, le dieu de la guerre, portait un uniforme, Lui aussi. Mais je préférai me taire. Je pensai : Dieu ne porte pas d'uniforme. Dieu est plutôt un combattant dans la Résistance. Dieu est un terroriste.

Ilana arriva quelques minutes avant le couvre-feu, suivie de ses deux gardes du corps, Joav et Gidon.

Triste et inquiète, elle était plus belle que jamais. Taillé dans le marbre brun, son visage fin et délicat était d'une douceur, d'une mélancolie à vous briser le cœur. Elle portait un corsage blanc et une jupe grise. Ses lèvres étaient plus pâles qu'à l'ordinaire.

– C'était inoubliable, ton émission, lui lança Gad.

– C'est le Vieux qui en a écrit le texte, répondit Ilana.

– Je parlais de ta voix.

– Ma voix aussi, c'est le Vieux qui l'a écrite, répondit la jeune fille.

Elle se laissa choir dans un fauteuil, épuisée.

– Je l'ai vu pleurer aujourd'hui, remarqua-t-elle après un moment de silence total. Je crois qu'il pleure souvent.

Il a de la chance, pensai-je. Il a de la chance de pouvoir pleurer. Celui qui pleure sait qu'un jour il ne pleurera plus.

Joav nous transmit les dernières nouvelles de Tel-Aviv : l'angoisse, l'attente partout. Les gens avaient peur. Ils craignaient des représailles contre la population. Tous les journaux publiaient des appels implorant le Vieux de renoncer à l'exécution de John Dawson. Dans la rue, on parlait plus de lui que de David ben Moshe.

– C'est pour cela que le Vieux pleurait, dit Gad en relevant la boucle qui s'acharnait à tomber sur son front. Les Juifs ne se sont pas encore libérés de leurs réflexes de persécutés. Un acte de courage leur fait peur.

Joav poursuivit :

– Le cabinet est en session à Londres. Les sionistes de New York organisent en ce moment même une manifestation monstre à Madison Square Garden. L'O.N.U. s'émeut.

– J'espère qu'il le sait », fit Ilana. Blême, son visage avait pris la couleur du cuivre.

– Le bourreau le lui racontera sans doute, remarqua Gad.

Je comprenais sa peine, sa colère. David était son ami d'enfance. Ils étaient entrés dans le Mouvement le même jour. Gad ne m'en avait parlé qu'après l'arrestation de David. Avant, cela n'aurait pas été prudent. Moins on sait, mieux cela vaut. C'est le premier des principes sur lesquels sont basés tous les mouvements clandestins.

Gad était présent quand David fut blessé. C'était lui, Gad, qui commandait l'opération. C'aurait dû être ce que nous, dans notre langage, appelions une opération tranquille.

La sentinelle avait tout gâché.

Oui, c'était la stupidité courageuse de la sentinelle qui avait tout gâché. C'était à cause d'elle que David allait être pendu demain à l'aube. Bien que blessé et pris de convulsions, ce soldat avait rampé à terre, une balle dans le ventre, et il avait fallu qu'il continue à tirer, l'idiot ! Ah, il n'y a rien de pire, il n'y a rien de plus dangereux qu'un imbécile courageux !

... C'était le soir. Une voiture militaire s'était arrêtée à l'entrée du camp des parachutistes aux bérets rouges, près de Gedera, dans le Sud. Un officier – du rang de major – et trois soldats s'y trouvaient.

– Nous venons chercher des armes, avait dit le major à la sentinelle. Nous nous attendons à une attaque des terroristes, cette nuit.

La sentinelle avait inspecté les papiers que le major lui tendait. Tout lui paraissait en règle.

– Oui, ces cochons de terroristes, avait murmuré la sentinelle sous sa moustache tout en rendant les papiers au major.

– Allez-y, major. Vous pouvez entrer.

Il avait levé la barrière.

– Merci, avait dit le major. Où sont les magasins ?

– Tout droit, puis tournez deux fois à gauche.

La voiture partit tout droit, tourna deux fois à gauche et s'arrêta devant un bâtiment en pierre.

– Nous y sommes, annonça le major.

Ils sautèrent à terre. Un sergent leur ouvrit la porte. En apercevant le major, il salua. Le major lui rendit le salut et lui tendit un papier, un ordre signé d'un colonel : remettre au porteur cinq mitraillettes, vingt fusils, vingt revolvers et munitions correspondantes.

– Nous nous attendons à une attaque des terroristes, cette nuit, expliqua le major d'une voix condescendante.

– Oui, ces cochons de terroristes, bougonna le sergent.

– Nous sommes pressés, insista le major. Voulez-vous être assez aimable pour nous donner tout cela ?...

– Bien sûr, opina le sergent. Je comprends que vous soyez pressés...

Il indiqua aux trois soldats l'endroit où se trouvaient les mitraillettes, les fusils, les revolvers et les munitions. Le chargement ne dura que quelques secondes. Les soldats, silencieux, travaillaient vite et efficacement.

– Je garde l'ordre, décréta le sergent lorsque tout fut terminé.

– Bien sûr, sergent, répondit le major et il monta dans la voiture qui démarra aussitôt.

A la sortie, la sentinelle les salua et s'apprêtait à lever la barrière lorsque, dans sa baraque, le téléphone se mit à sonner. Il s'excusa auprès du major et rentra répondre. Le major et les soldats attendaient son retour avec une impatience angoissée.

– Désolé, major, dit la sentinelle en revenant. Le sergent vous demande. Il veut vous voir. Il dit que l'ordre d'approvisionnement que vous lui avez donné n'est pas clair.

Le major descendit de la voiture.

– Je lui parlerai au téléphone, annonça-t-il au soldat.

Le soldat se retournait pour entrer dans la baraque, quand le poing du major s'abattit sur sa nuque. Il tomba sans même pousser un cri. Gad s'approcha de la barrière, la leva et fit signe au chauffeur d'avancer.

A ce moment, la sentinelle reprit connaissance et commença à tirer. Dan lui envoya une balle dans le ventre. Gad sauta dans la voiture et s'écria :

– Filons. Vite.

Bien que blessée, la sentinelle continuait à tirer ; l'une de ses balles atteignit un pneu. Gad ne perdit pas son sang-froid. Il décida de changer le pneu.

– David et Dan, couvrez-nous, dit-il d'une voix calme et sûre d'elle-même.

David et Dan prirent deux mitraillettes qu'ils venaient de recevoir et sautèrent à terre.

Le camp se réveilla. Des ordres suivis de coups de feu retentirent de tous côtés. Il fallait faire vite. Chaque seconde était précieuse.

Couvert par David et Dan, Gad changea le pneu. Mais, maintenant, ils étaient sous le feu nourri des mitrailleuses ennemies. Gad décida : il faut sauver les armes.

– David et Dan, murmura Gad, vous restez. Nous partons. Tâchez de les tenir exactement trois minutes. Cela nous donnera le temps de filer. Ensuite, sauvez-vous. Essayez d'atteindre Gedera. Nous y avons des amis sûrs. Vous les connaissez.

– Je les connais, répondit David tout en continuant de tirer. Partez vite.

Les armes furent sauvées. David et Dan ne le furent pas. Dan fut tué, David blessé.

Ah, rien n'est plus dangereux qu'une sentinelle avec une balle dans le ventre !

– Il était magnifique, David », remarqua Ilana. Déjà, elle parlait de lui au passé.

– J'espère que le bourreau le sait, rétorqua Gad.

Je comprenais sa colère. Je la lui enviais. Vous perdez un ami. Cela vous fait mal. Mais lorsque vous en perdez tous les jours, cela vous fait moins mal. J'en ai perdu des amis, moi. Parfois, il me semble que mon passé n'est qu'un cimetière. Au fond, c'est la raison pour laquelle j'ai suivi Gad et suis devenu terroriste : je n'avais pas d'amis à perdre.

– On dit que le bourreau porte toujours un masque, remarqua soudain Joav qui se tenait, silencieux, devant la porte de la cuisine. Je me demande si c'est vrai.

– Je le crois, dis-je. Oui, le bourreau porte un masque. On ne voit que ses yeux.

Ilana se leva, s'approcha de Gad, lui caressa les cheveux doucement et tristement et prononça à voix basse :

– Ne te tourmente pas, Gad. C'est la guerre.

Pendant l'heure qui suivit, pas un mot ne fut dit. Ils pensaient tous à David ben Moshe. Il n'était pas seul, David, dans sa cellule blanche de condamné à mort. Ils étaient avec lui. Tous ils y étaient, tous, sauf moi. Moi, je ne pensais pas à David. Je ne songeais à lui que lorsque les autres parlaient de lui. Lorsqu'ils gardaient le silence, mes pensées allaient à un autre, à quelqu'un que je ne connaissais pas davantage mais que j'allais connaître. Oui, mon David ben Moshe, cette nuit-là, avait pour nom et pour visage ceux d'un capitaine anglais : John Dawson.

Nous nous assîmes autour de la table et Ilana nous servit du thé bouillant. Pendant un long moment nous bûmes sans parler, le regard posé sur le liquide doré, comme si nous nous efforcions d'y découvrir l'avenir de notre silence et le sens des événements qui l'avaient engendré.

Puis, pour tuer le temps, nous nous mîmes à raconter des souvenirs dont le thème central était la mort.

– C'est la mort qui m'a sauvé la vie, commença Joav.

Il avait un visage jeune, pur, tourmenté, des yeux sombres au regard confus et des cheveux blancs, des cheveux de vieillard. Toujours ensommeillé, il bâillait sans cesse, à toute heure de la journée.

– Dénoncé par un voisin, qui nous combattait en raison de ses convictions pacifistes, je trouvai refuge dans un asile d'aliénés dont le directeur était un camarade d'école, poursuivit Joav. J'y restai deux semaines. La police réussit cependant à retrouver mes traces. « Est-ce qu'il se trouve chez vous ? demanda-t-on au directeur. – Oui, admit-il. Où voulez-vous qu'il soit ? Il est malade. – Qu'est-ce qu'il a ? De quoi souffre-t-il ? – Il se croit mort », répondit le directeur. On tenait à me voir. Je fus donc conduit dans le bureau directorial. Deux officiers de police – qui dirigeaient la lutte antiterroriste – m'y attendaient. Ils me parlèrent. Je ne répondis pas. Ils me posèrent des questions. Je les ignorai. Malgré tout, ils n'étaient pas convaincus. Passant outre aux protestations du directeur de l'asile, ils m'emmenèrent avec eux et pendant deux jours et deux nuits me firent subir un interrogatoire. Je jouai le mort et le jouai bien. Je refusai toute nourriture, toute boisson : les morts ne mangent ni ne boivent. Ils me frappèrent les mains, me giflèrent ; je ne criai pas : les morts ne souffrent ni ne crient. Au bout de deux jours et de deux nuits, je fus renvoyé à l'asile.

En l'écoutant parler, des souvenirs remontaient en ma mémoire ; en effet, à plusieurs reprises, j'avais entendu des camarades parler de Joav en l'appelant le Fou.

– C'est drôle, hein, remarqua-t-il. C'est la mort qui m'a sauvé la vie.

Nous gardâmes le silence quelques instants comme pour saluer la mort qui sauve la vie et qui donne le nom de Fou à un garçon au visage pur et tourmenté.

– En quittant l'asile, quelques jours plus tard, ajouta Joav, je me rendis compte que mes cheveux noirs devenaient blancs.

– C'est le passe-temps de la mort, affirmai-je. Elle adore changer la couleur des cheveux. La Mort, elle, n'a pas de cheveux ; elle n'a que des yeux. Elle a des yeux partout. Dieu n'en a nulle part.

– C'est Dieu qui me sauva de la mort, dit Gidon.

Nous l'appelions le Saint. D'abord parce qu'il l'était, ensuite, parce qu'il en avait l'air. C'était un grand gaillard d'une vingtaine d'années qui parlait peu et se tenait toujours dans l'endroit où il se ferait le moins remarquer ; ses lèvres murmuraient d'incessantes prières. Il portait la barbe et les papillotes, et ne bougeait jamais sans un livre sacré dans sa poche. Son père était rabbin. Lorsqu'il apprit que son fils avait décidé de se faire terroriste, il l'approuva et lui donna sa bénédiction. Il est des temps, avait murmuré le rabbin, où il ne suffit pas de combattre le mal avec des mots et des prières. Le Dieu de la grâce est aussi le Dieu de la guerre. On ne fait pas la guerre avec des mots.

– C'est Dieu qui m'a sauvé de la mort, répéta Gidon. Ce sont Ses yeux qui me sauvèrent de la mort. Moi aussi, j'ai été arrêté par la police ; moi aussi, j'ai subi des tortures sans nom. Ils m'ont tiré la barbe, brûlé les ongles, craché au visage. Ils voulaient me faire avouer que j'avais participé à l'attentat contre le haut-commissaire. Je n'ai pas ouvert la bouche. Ils me faisaient mal. Plus d'une fois, j'ai eu envie de crier mais j'ai gardé le silence, car je me disais : Dieu me regarde. Il a les yeux sur moi. Il ne faut pas que je Le déçoive. Les policiers parlaient et criaient sans discontinuer. Moi, je pensais à Dieu et à Ses yeux qui sont attirés vers toute souffrance, et je me taisais. Finalement, la police, n'ayant aucune preuve contre moi, dut me libérer. Si j'avais avoué, j'aurais été condamné à mort.

– Et alors, ajoutai-je, Dieu aurait fermé les yeux.

Ilana remplit à nouveau nos tasses.

– Et toi, Ilana ? lui demandai-je. Qu'est-ce qui t'a sauvé la vie ?

– Un rhume.

Je me mis à rire, mais personne ne se joignit à moi. Mon rire sonnait rauque et faux.

– Un rhume, répétai-je.

– Un rhume, confirma-t-elle sur un ton resté sérieux. Les Anglais ne possèdent aucune description de moi. Ils ne connaissent que ma voix. Un jour, ils arrêtèrent une centaine de femmes, dont j'étais, et les entraînèrent à la police. Là, tout ce qu'ils nous demandaient, c'était de parler. Un ingénieur du son comparait nos voix à celle de la speakerine mystérieuse de la Voix de la Liberté. Par un bienheureux hasard, j'étais enrhumée. Quatre femmes furent détenues en vue d'un interrogatoire plus poussé. Je fus relâchée.

De nouveau j'eus envie de rire, mais les autres demeuraient sérieux et silencieux. Un rhume, pensai-je, un rhume. C'est parfois plus utile que la foi ou le courage.

Maintenant nous regardions tous Gad qui serrait sa tasse à l'en briser.

– Moi, dit Gad, je crois que c'est à trois Anglais que je dois la vie.

La tête penchée sur l'épaule droite, les yeux fixés sur

la tasse, il semblait ne parler qu'au thé bouillant dont la chaleur diminuait de seconde en seconde.

– Cela s'est passé tout au début. Le Vieux avait fait prendre trois otages. Les raisons en importent peu maintenant. Tous trois étaient sergents. J'avais pour ordre d'en exécuter un, n'importe lequel. Il me fallait choisir la victime, la désigner moi-même. J'étais jeune, l'âge d'Elisha. Torturé par ce rôle qui m'était imposé, je ne savais que faire. Je me refusais à devenir juge. Bourreau : oui. Juge : non. Or, cette nuit-là, je perdis contact avec le Vieux. Je ne pouvais donc même pas lui annoncer mon refus ni le lui expliquer. Tout ce que je savais était que l'un des otages devait mourir à l'aube. Lequel ? Finalement, je trouvai la solution. Je descendis à la cave, fis un petit discours aux trois sergents et leur donnai l'ordre de désigner eux-mêmes la victime. Si vous refusez, leur dis-je, vous serez tous fusillés. Ils ne refusèrent pas. Ils tirèrent au sort. A l'aube, une balle atteignit la nuque du sacrifié.

Involontairement, je regardais ses mains, les mains d'un homme qui avait tiré une balle dans la nuque d'un être humain, puis j'examinais son visage, le visage d'un ami qui avait tué un homme et en parlait froidement, presque avec indifférence. Contemplait-il, dans son thé doré et refroidi, le visage du sergent qu'il avait exécuté ?

– Mais si les sergents avaient refusé de tirer au sort, lui demandai-je, que serait-il arrivé ?

Gad serra la tasse avec plus de force. On eût dit qu'il cherchait à la rompre de ses doigts.

– Je crois que je me serais donné la mort », répondit-il d'une voix sourde. Puis, après un lourd silence, il ajouta : « Je vous l'ai dit, j'étais jeune. J'étais faible.

Tous les regards se tournèrent alors vers moi. C'était

mon tour. Je bus une gorgée de thé, horriblement amer, essuyai mon front en sueur et dis :

– Moi, c'est au rire que je dois la vie sauve. Cela se passait à Buchenwald, en hiver. Nous étions vêtus de loques. Des centaines de personnes mouraient chaque jour de froid. Tous les matins, nous devions quitter le block, et attendre dehors, dans la neige, qu'il soit nettoyé. Le nettoyage durait souvent plus de deux heures. Un jour, je me cachai dans le block ; j'étais malade, affaibli. Je savais que si je sortais, je mourrais sur place, là, dans la neige et dans le vent. Je me cachai donc. Le nettoyage commença et, comme de bien entendu, je fus découvert. Les nettoyeurs me traînèrent devant l'un des nombreux chefs adjoints du block. Sans me demander quoi que ce soit, il m'attrapa à la gorge et d'une voix calme, peut-être même indifférente, m'annonça : Je vais t'étrangler. Effectivement, de ses deux mains d'acier il se mit à me serrer la gorge dans l'intention bien précise de me tuer. J'étais trop faible pour tenter même de m'arracher à son emprise et ne lui opposai donc aucune résistance. Je me disais : Bon, c'est la fin. Je sentais mon sang affluer à ma tête, qui se mit à gonfler démesurément. Bientôt elle prit cinq fois, puis dix fois, puis cent fois ses proportions normales. Elle était devenue si grande, ma tête, si large, si excessivement gonflée, que je ressemblais à une caricature grotesque, à un clown misérable. J'étais convaincu que j'allais éclater d'un moment à l'autre, que dans un instant le ballon qui avait pris la place de ma tête allait faire entendre un « pouff » ridicule et se déchirer en petits morceaux, ainsi que font les ballons multicolores avec lesquels jouent les enfants, les jours d'été. C'est alors que le chef adjoint jeta un coup d'œil sur ce ballon dont il tenait à la main l'orifice et ce qu'il vit lui parut si drôle, si cocasse qu'il lâcha prise et se mit à rire. De toute la journée, il ne put s'arrêter de rire. Il riait tellement qu'il en oublia sa volonté de me tuer. C'est ainsi que j'eus la vie sauve. C'est amusant, hein, de devoir la vie au sens de l'humour d'un assassin ?

Je m'attendais à ce qu'ils se mettent tous à me dévisager pour voir si ma tête avait repris ses dimensions normales, mais ils n'en firent rien. Ils continuèrent à fixer le thé doré qui, entre-temps, était devenu froid.

Au cours des quelques instants qui suivirent, personne n'ouvrit la bouche. Nous n'avions plus envie de parler, d'évoquer le passé à voix haute, non plus que d'écouter les autres raconter leur vie et leurs angoisses. Nous restions assis autour de la table, inquiets et silencieux. Chacun de nous, je crois, se posait la même question : Qu'est-ce qui m'a *vraiment* sauvé la vie ?

Le Saint fut le premier à briser le silence.

– Il faudrait lui porter à manger, suggéra-t-il.

Il est triste lui aussi, me dis-je. Il songe à John Dawson. On ne peut être triste sans penser à John Dawson. David, j'en suis convaincu, pense aussi à lui.

– Il n'a pas faim, rétorquai-je. Un homme qui va mourir n'a pas faim. Pas plus qu'un homme qui va tuer, ajoutai-je pour moi-même.

Je devais parler sur un ton étrange car, soudain, ils levèrent tous la tête et je sentis leurs regards, leur étonnement entrer en moi.

– Non, m'entêtai-je, un homme qui va mourir n'a pas faim.

Ils ne bougeaient pas. Ils étaient pétrifiés dans l'instant qui durait, durait, plus qu'un instant.

– Le dernier repas du condamné à mort, m'écriai-je, le dernier repas, c'est de la blague, une moquerie, une insulte au mort qu'il sera sous peu. L'homme s'en fout, s'il meurt le ventre creux ou non.

Gad m'observait avec surprise, Ilana avec tendresse, le Saint avec amitié. Le Fou, lui, ne m'observait pas. Il se taisait, les yeux baissés, mais peut-être était-ce sa manière à lui de m'observer : les yeux baissés.

– Il ne sait pas, fit remarquer Gidon.

– Qu'est-ce qu'il ne sait pas ?

J'ignorais pourquoi je criais. Peut-être pour m'entendre crier, pour faire naître en moi la colère, pour voir son reflet dans les ombres figées sur le mur et dans le miroir. Peut-être aussi par faiblesse. Je me sentais impuissant à rien changer, à commencer par moi-même. J'aurais voulu introduire des transformations dans la chambre, refaire la création. Du Saint, j'aurais fait un fou, donné le nom de John Dawson à Gad et son destin à David. Mais je m'en savais incapable. Pour ce faire, il m'aurait fallu me substituer à la mort et non pas seulement à une mort, à celle du capitaine anglais qui n'avait pas faim, parce que moi je n'avais pas faim.

– Qu'est-ce qu'il ne sait pas ? répétai-je à voix haute, à voix trop haute.

– Il ne sait pas encore, m'expliqua Gidon avec une douceur infinie et un rêve douloureux dans la voix. Il ne sait pas encore qu'il va mourir.

– Son estomac le sait, lui assurai-je. Un homme qui va mourir n'écoute que son estomac. En cela, il ressemble au mendiant. Il ne prête attention ni à son cœur, ni au vôtre ; ni à son passé, ni au vôtre. Il n'écoute même pas la voix du ciel ou de l'orage. C'est son estomac qu'il écoute et lui, l'estomac, lui confirme qu'il va mourir et qu'il n'a pas faim.

J'avais parlé trop vite, trop fort. Mon souffle devint haletant. J'aurais voulu m'enfuir de la chambre mais tous ces regards fixes m'accrochaient à eux. La mort gardait toutes les issues. Il y avait des yeux partout.

– Je vais descendre à la cave, dit Gidon. Je lui demanderai s'il a faim.

– Ne lui demande rien, dis-je. Préviens-le, préviens-le simplement que, demain, lorsque l'aube se lèvera aux confins de l'horizon en feu, de l'horizon en sang, lui, John Dawson, dira adieu à la vie, à son estomac. Dis-lui qu'il va mourir.

Le Saint se leva lentement sans me quitter du regard, puis il se dirigea vers la cuisine, d'où il descendrait à la cave. Au seuil de la porte, il s'arrêta.

– Je le lui dirai », m'assura Gidon en ébauchant un sourire qui mourut aussitôt sur son visage. Il tourna sur ses talons et je l'entendis descendre les escaliers.

Je lui étais reconnaissant. C'était lui, et non moi, qui allait avertir John Dawson de sa fin prochaine. Je n'aurais pu le faire. Il est plus facile de tuer un homme que de lui dire : Tu vas mourir.

– Il est minuit, constata Joav.

Il est minuit, pensai-je. C'est l'heure où les morts se lèvent de leurs tombes et viennent réciter leurs prières à la synagogue. C'est l'heure où Dieu lui-même pleure sur la destruction du Temple. C'est l'heure où l'homme doit être capable de descendre au plus profond de lui-même et, s'il y descend assez vite, assez loin, d'y découvrir le Temple en ruine, Dieu en pleurs et les morts en prière.

– Pauvre petit ! murmura Ilana.

Elle ne me regardait pas. Non, ce n'était pas elle qui me regardait, ce n'étaient pas ses yeux qui me dévisageaient, mais ses larmes. Ses larmes scrutaient mon visage. Je me sentais regardé, touché, caressé par ses larmes, par ses larmes et non par ses yeux.

– Ne dites pas cela, je vous en prie, Ilana. Ne m'appelez pas : pauvre petit.

Elle avait les larmes aux yeux. Non. Elle avait des larmes à la place des yeux, des larmes qui grossissaient dans les orbites, s'enflaient, devenaient plus épaisses, plus opaques, plus lourdes et soudain j'eus peur que, d'un moment à l'autre, le malheur n'arrivât : dans un moment, Ilana ne serait plus. La jeune fille brune et triste se noierait dans ses propres larmes. J'aurais voulu toucher son bras et lui dire : Ne pleurez pas. Dites ce que vous voulez, mais ne pleurez pas.

Mais elle ne pleurait pas. Il faut avoir des yeux pour pleurer. Elle n'en avait pas. Elle avait des larmes à la placc des yeux.

– Pauvre petit ! dit-elle une fois encore.

Puis cela arriva. Ilana disparut et Catherine prit sa place. Je me demandai ce que Catherine venait faire ici, mais sa présence ne m'étonnait pas outre mesure. Elle aimait se trouver en compagnie des hommes, surtout des petits garçons qui pensent à la mort. Elle aimait parler d'amour aux petits garçons et, puisque les hommes qui vont à la mort sont des petits garçons, elle aimait leur parler d'amour. C'est pour cela que sa présence dans la chambre magique, magique car elle effaçait les limites, les différences entre victime et bourreau, entre présent et passé, c'est pour cela, dis-je, que sa présence ne me surprit guère.

Je l'avais rencontrée à Paris en 1945. Je venais d'arriver de Buchenwald, cet autre camp magique où les vivants se transformaient en morts et les avenirs en nuages.

J'étais affaibli, épuisé, affamé. Un des nombreux services de secours m'envoya dans un camp d'été où une centaine de garçons et de filles passaient leurs vacances. Le camp se trouvait en Normandie où le vent du matin fait le même bruit qu'en Palestine.

Ne sachant pas le français, je ne pouvais parler aux autres garçons et filles. Je mangeais avec eux, je me baignais avec eux au soleil, mais je ne leur parlais pas. Catherine était la seule personne avec laquelle il m'arrivait parfois d'échanger quelques mots. Nous connaissions une langue en commun : l'allemand.

Il lui arrivait de s'approcher de la table à laquelle j'étais assis, dans la salle à manger, de me demander si j'avais bien dormi, si je me sentais bien, si la vie du camp me plaisait.

Elle était beaucoup plus âgée que moi : vingt-six ou vingt-sept ans. De petite taille, frêle, presque transparente, elle avait des cheveux blonds, soyeux, des rayons de soleil. Ses yeux étaient très bleus, rêveurs, des yeux qui ne pleuraient pas. Son visage ovale semblait maigre, presque osseux, mais il restait fin et délicat.

Catherine était la première femme que, de toute ma vie, je voyais de près. Avant – je veux dire avant la guerre – je ne regardais pas les femmes. Dans la rue, en allant à l'école ou à la synagogue, je marchais les yeux baissés, en rasant les murs des maisons, et les femmes, je ne les voyais pas. Je savais qu'elles existaient – je savais même pourquoi – mais j'ignorais qu'elles avaient un corps, des seins, des jambes, une bouche et des mains qui, en vous touchant, vous font palpiter le cœur. Tout cela, c'est elle, Catherine, qui me le fit découvrir.

Le camp était situé aux abords d'un bois et, le soir, après dîner, j'aimais m'y promener seul, parlant au vent qui parlait aux arbres, me recueillant en voyant le ciel devenir plus bleu que l'azur, bref, j'aimais être seul.

Un soir, elle me demanda la permission de m'accompagner. Trop timide de nature, je la lui donnai. Nous marchâmes en silence, côte à côte, une demi-heure, une heure. Au début, le silence me gêna ; ensuite, je me surpris à l'aimer. Le silence à deux est plus dense et parfois plus profond que le silence à un. Sans m'en rendre compte, je me mis à lui parler.

– Regardez le ciel, lui dis-je. Il s'ouvre.

Elle rejeta la tête en arrière et fit ce que je lui demandais. En effet, le ciel s'entrouvrait. Lentement d'abord, les étoiles se mirent à s'écarter du centre, balayées par un vent invisible. Celles de droite couraient vers la droite, et celles de gauche, plus loin vers la gauche. Finalement, un vide se creusa au milieu. Un vide d'un bleu éblouissant devenant, au fur et à mesure qu'il se creusait, plus profond, plus pur, plus concis.

– Regardez, dis-je à Catherine. Regardez bien. Vous voyez, il n'y a rien au bout.

Tête en arrière, elle regardait et ne disait rien.

– Cela suffit, ajoutai-je. Marchons.

Nous nous remîmes à marcher et je lui contai la légende du ciel ouvert. Lorsque j'étais enfant, mon vieux maître d'études m'avait révélé qu'il est des nuits où les cieux s'ouvrent pour laisser passer les prières des enfants malheureux. Au cours de l'une de ces nuits, un petit garçon dont le père était mourant s'adressa à Dieu en ces termes : Oh ! Père, je suis petit et ne sais pas encore prier. Je me fais donc prière et vous supplie de guérir mon père malade, mon père mourant. Et Dieu fit ce que le petit garçon Lui demandait ; le père fut guéri mais l'enfant, devenu prière, monta au ciel et y resta pour toute éternité. Depuis, me disait mon vieux maître, depuis, il arrive à Dieu de se montrer à nous dans le visage d'un enfant.

– C'est pour cela, lui dis-je, que je tiens à voir le ciel

s'ouvrir. Je veux voir l'enfant. Mais vous êtes témoin. Il n'y avait rien au bout. Il n'y avait pas d'enfant.

C'est alors qu'elle prononça les premiers mots de toute la soirée :

– Pauvre petit !... Mon pauvre petit !

Elle pense à l'enfant, me suis-je dit. C'est en pensant à l'enfant qu'elle dit : Pauvre petit ! Et je l'aimais pour cela.

Depuis ce premier soir, elle m'accompagna souvent dans le bois. Elle me posait des questions sur moi-même, sur mon enfance, sur mon passé. Je ne répondis pas à toutes.

Un soir, elle me demanda pourquoi je me tenais à l'écart des garçons et des filles du camp :

– Ils parlent une langue que je ne comprends pas, lui répondis-je.

– Il y a des filles qui comprennent l'allemand, remarqua-t-elle.

– Je n'ai rien à leur dire, répliquai-je.

– Il n'est pas besoin de leur parler, souligna-t-elle en souriant. Il faut les aimer.

Je ne comprenais pas ce qu'elle entendait par là. Je le lui dis. Son sourire se fit plus accentué et elle se mit à me parler d'amour. Elle parlait beaucoup et bien. L'amour est ceci, l'amour est cela ; l'homme est né pour aimer ; l'homme n'est vivant que lorsqu'il aime, que lorsqu'il se trouve en présence d'une femme qu'il aime, ou qu'il devrait aimer.

Je lui répondis que j'ignorais ce que c'était que l'amour, que je ne croyais pas que l'amour existât, ni qu'il eût le droit d'exister.

– Je te le prouverai, m'assura-t-elle.

Le lendemain, en marchant à ma gauche sur les sentiers couverts de feuilles sèches, elle me prit le bras.

D'abord, je crus que c'était pour s'appuyer sur moi. Il n'en était rien. Ce qu'elle voulait, c'était me faire sentir son corps, sa chaleur. Ensuite, elle prétendit être fatiguée : il ferait bon s'asseoir sur l'herbe, là, sous l'arbre. Une fois assise, elle se mit à me caresser les cheveux, le visage, la bouche. Puis elle m'embrassa à plusieurs reprises ; ses lèvres touchèrent les miennes ; sa langue brûlait dans ma bouche.

Les nuits suivantes, nous retournâmes au même endroit et elle continua à me parler d'amour, de désir, et des mystères du cœur. Elle prit ma main et la guida sur son corps, sur ses cuisses, sur ses seins, et c'est alors que je me rendis compte que les femmes avaient des cuisses, des seins, un ventre, des mains capables de vous faire palpiter le cœur, capables de transformer votre sang en rivière de feu.

Puis le dernier soir arriva. Le lendemain, je devais retourner à Paris, le mois de vacances ayant touché à sa fin.

Aussitôt le dîner terminé, nous allâmes pour la dernière fois nous asseoir sous l'arbre. Je me sentais triste et déjà seul. Catherine tenait ma main dans la sienne et ne disait rien. La nuit était belle, calme, paisible. Parfois le vent, comme un souffle chaud, nous caressait le visage, les cheveux, le dos.

Il devait être une heure du matin, peut-être deux heures, lorsque Catherine brisa le silence et, tournant vers moi son visage maigre, sa tristesse, me dit :

– Maintenant, nous allons faire l'amour.

Ces mots me firent tressaillir. C'était la première fois que j'allais faire l'amour avec elle. Avant elle, il n'y avait pas eu de femmes sur terre. Je ne savais que dire, que faire. J'avais peur de dire un mot qu'il ne fallait pas dire, de faire un geste, un mouvement qu'il ne fallait pas faire. Gêné, immobile, j'attendais qu'elle fasse quelque chose.

Le visage soudain très sérieux, elle se mit à se déshabiller. Elle enleva sa blouse et je vis ses seins dans la lumière des étoiles, blancs comme l'ivoire. Puis elle retira ses autres vêtements et je la vis toute nue.

– Enlève ta chemise, m'ordonna-t-elle.

Je me sentais paralysé. Il y avait une boule de fer dans ma gorge, du plomb dans mes veines. Mes bras, mes doigts ne m'obéissaient plus. Je ne pouvais que regarder ce corps nu, l'examiner de la tête aux pieds, suivre le mouvement des seins qui s'élevaient et s'abaissaient, s'élevaient et s'abaissaient. J'étais halluciné par l'appel qui émanait de ce corps étendu sur l'herbe.

– Enlève ta chemise, répéta-t-elle.

Voyant que je ne bougeais pas, elle se mit à me dévêtir. Avec des gestes calmes, elle m'ôta la chemise et les pantalons courts dont j'étais revêtu. Puis elle s'étendit à nouveau sur l'herbe et me dit :

– Prends-moi.

Je me mis à genoux. Je la regardai longuement puis couvris son corps de baisers. L'air absent, elle caressait distraitement mes cheveux et se taisait.

– Catherine, lui dis-je, avant de vous prendre, je dois vous dire quelque chose.

Son visage devint un masque d'angoisse et le vent, dans les arbres, était un vent d'angoisse.

– Non. Non, s'écria-t-elle. Ne dis rien. Prends-moi mais ne dis rien.

Ignorant sa remarque, je poursuivis :

– Avant de vous prendre, Catherine, je dois vous dire...

Sa bouche se tordit de douleur et le vent, dans les arbres, était un vent de douleur.

– Non. Non. Non, implora-t-elle. Ne dis rien. Tais-toi. Tais-toi. Prends-moi, prends-moi vite mais ne dis rien.

J'insistai :

– Je dois vous dire, Catherine, que vous avez gagné. Je vous aime. Je vous aime, Catherine.

Elle éclata en sanglots et se mit à répéter une dizaine de fois, une centaine de fois, toujours les mêmes mots :

– Pauvre petit !... Oh, mon pauvre petit !...

Alors, je pris ma chemise et mon pantalon et m'enfuis. J'avais compris. Ce n'était pas au petit enfant du ciel qu'elle pensait en disant cela, mais à moi.

Elle me parlait d'amour parce qu'elle savait que j'étais l'enfant qui s'était fait prière, que j'étais monté au ciel. Elle savait que j'étais mort et que j'étais revenu sur terre, mort.

Voilà pourquoi elle me parlait d'amour. Voilà pourquoi elle tenait à faire l'amour avec moi. Oui, j'avais compris : elle aimait à faire l'amour avec des petits garçons qui allaient mourir ; elle aimait à se trouver en compagnie de ceux qui ne pensent qu'à la mort. Non. Sa présence, cette nuit-là, en Palestine, ne pouvait me surprendre.

– Pauvre petit », murmura Ilana, très bas, une dernière fois. Puis elle laissa un soupir s'échapper de sa poitrine, qui rendit à ses larmes liberté de couler, de couler, de couler jusqu'à la fin des temps.

Tout à coup, je me rendis compte qu'il faisait chaud dans la chambre. Beaucoup plus chaud qu'auparavant. J'y étouffais presque.

C'était normal. La chambre était trop petite, trop étroite. Elle n'était pas faite pour recevoir tant de monde, tant de visiteurs à la fois. Depuis minuit, il ne cessait d'en arriver. Il y avait parmi eux des gens que j'avais connus, d'autres que j'avais haïs, admirés, oubliés. En laissant mon regard se promener dans la chambre, je m'aperçus que tous ceux qui avaient contribué à former celui que j'étais, mon moi le plus durable, s'y trouvaient. Quelques-uns me semblaient familiers, mais je ne pouvais me rappeler leur identité ; ils avaient des visages sans nom ou des noms sans visage. Cependant, je savais qu'à un moment donné de ma vie, ils s'étaient trouvés sur ma route.

Et puis père était là, bien sûr. Maman aussi. Le mendiant était là. Les soldats anglais du convoi militaire de Hedera étaient là. Mon vieux maître d'études à la barbe jaunie était là, lui aussi. Et autour d'eux, tant d'amis, tant de frères, tant de camarades, des visages que j'avais connus dans mon enfance et d'autres que j'avais vu vivre et agoniser, espérer et blasphémer, à Buchenwald et à Auschwitz.

Je vis, aux côtés de mon père, un petit garçon qui ressemblait étrangement à celui que j'étais avant le camp, avant la guerre, avant l'avant. Mon père lui adressa un sourire et lui, le petit garçon, le prit et me l'envoya, à moi, par-dessus toute cette multitude de têtes qui me séparaient de lui.

Maintenant, je comprenais pourquoi il faisait tellement chaud. La chambre était trop étroite, trop petite pour abriter tant de monde à la fois.

Je me frayai un chemin dans la foule et, m'approchant du petit garçon, lui dis merci pour le sourire. J'aurais voulu lui demander ce que tous ces visiteurs étaient venus faire ici, mais je réfléchis que ce ne serait pas poli envers mon père. Puisqu'il était là, il fallait m'adresser à lui en premier.

– Père, lui demandai-je, qu'est-ce que tous ces gens sont venus faire ici ?

Maman, qui était à ses côtés, était pâle et ses lèvres murmuraient inlassablement : Pauvre petit, pauvre petit, pauvre petit...

– Père, lui dis-je à nouveau, réponds-moi. Qu'êtes-vous venus faire ici ?

Il me regarda de ses grands yeux où je vis souvent le ciel s'ouvrir, mais ne répondit pas.

Je me retournai alors et me trouvai face à face avec le maître, dont la barbe était plus jaunie qu'autrefois.

– Maître, qu'est-ce qu'ils sont venus faire ici, cctte nuit, tous ces gens ?

Derrière mon dos, j'entendis maman murmurer : Pauvre petit, pauvre petit !

– Alors, maître, répétai-je, répondez-moi. Je vous en prie, maître, répondez-moi.

Lui non plus ne répondit pas. Il ne fit même pas semblant d'avoir entendu ma question. Son silence me fit peur. Le maître, tel que je l'avais connu, était toujours là lorsque j'avais besoin de lui. Jadis, son silence me faisait du bien. Maintenant, il m'effrayait. J'essayai de le regarder droit dans les yeux, mais deux boules de feu, deux soleils, s'y trouvaient et me brûlaient le visage.

Je me détournai donc de lui et allai d'un visiteur à l'autre à la recherche d'une réponse, mais ma présence les rendait tous muets.

Finalement, j'échouai devant le mendiant dont la haute stature dominait l'étrange assemblée. C'est lui qui m'adressa la parole en premier.

– Cette nuit a beaucoup de visages, n'est-ce pas ?

Je me sentais las, douloureusement las.

– Oui, répondis-je d'une voix faible. Cette nuit a beaucoup de visages. Je voudrais en savoir la raison. Oh, monsieur le mendiant, si vous êtes ce que j'espère, éclairez-moi, rassurez-moi. Dites-moi quel est le sens de tous ces silences, de tous ces regards, de toutes ces présences. Dites-le-moi, monsieur le mendiant, car je n'en peux plus. Je n'en peux plus.

Il me prit le bras, le pressa gentiment, faiblement et me demanda :

– Tu vois le petit garçon, là-bas ?

Du doigt, il me désignait le petit garçon qui ressemblait à celui que j'étais.

– Oui, je le vois, répondis-je.

– C'est lui, ajouta le mendiant, c'est lui qui te fournira les réponses à tes questions. Va lui parler. Va. (Maintenant, j'en avais la certitude : ce n'était pas un mendiant.)

De nouveau, je dus me frayer un passage dans la foule d'ombres et de regards et, à bout de forces, essoufflé, j'arrivai devant le petit garçon.

– Dis-moi, toi, implorai-je. Dis-moi : que fais-tu ici ? Et les autres ? Tous les autres ?

Le petit garçon ouvrit des yeux étonnés.

– Tu ne le sais pas ? demanda-t-il.

Je lui répondis que non. Je ne le savais pas.

– Un homme va mourir demain, n'est-ce pas ? interrogea-t-il.

Je lui confirmai qu'en effet un homme allait mourir à l'aube.

– Et c'est toi qui l'exécuteras, n'est-il pas vrai ? poursuivit-il.

– Oui, c'est vrai. Je suis chargé de l'exécution.

– Et tu ne comprends pas ? s'étonna le petit garçon.

Non. Je ne comprenais pas.

– Mais c'est simple pourtant, s'exclama-t-il. Nous sommes venus assister à l'exécution. Nous voulons te voir à l'œuvre. Nous voulons te voir te métamorphoser en meurtrier. C'est normal, ne crois-tu pas ?

– Pourquoi est-ce normal ? En quoi l'exécution de John Dawson vous concerne-t-elle ?

– Tu es la somme de ce que nous étions, m'expliqua le petit garçon qui ressemblait à celui que j'avais jadis été. Alors, c'est un peu nous qui exécuterons John Dawson demain à l'aube. Tu ne peux pas le faire sans nous. Tu comprends maintenant ?

Je commençais à comprendre. Un acte absolu, comme celui de donner la mort, engage non seulement l'être lui-même mais aussi tous ceux qui ont participé à sa formation. En tuant un homme, je faisais d'eux des assassins.

– Alors, répéta le petit garçon. Tu comprends ?

– Je comprends, lui répondis-je.

– Pauvre petit, pauvre petit ! murmura ma mère dont les lèvres, à présent, étaient plus jaunes que la barbe de mon vieux maître.

– Il a faim, annonça Gidon.

Je ne l'avais pas entendu remonter les escaliers. Les saints ont l'habitude déconcertante de faire tout sans bruit ; ils marchent, ils rient, ils mangent, ils prient sans bruit. Ils font même du bruit sans bruit.

– C'est impossible, protestai-je.

Je pensais : il ne peut avoir faim. Il va mourir. Un homme qui va mourir ne peut avoir faim.

– Il me l'a dit lui-même, insista Gidon, bouleversé.

Tous les regards étaient fixés sur moi. Ilana ne pleurait plus. Joav avait cessé de contempler ses ongles. Gad avait l'air fatigué. Et les autres, tous les autres, semblaient attendre de moi quelque chose, je ne sais quoi. Un signe peut-être, ou un cri.

– Est-ce qu'il sait ? demandai-je à Gidon.

– Oui. Il sait. » Et, après un moment, il ajouta : « Je le lui ai dit.

– Comment a-t-il réagi ?

Il était important pour moi de savoir quelle avait été sa réaction, s'il était stupéfait, s'il était resté calme ou s'était mis à crier son innocence.

– Il a souri, raconta Gidon. Il m'a répondu qu'il le savait. Son estomac le lui avait dit.

– Et il t'a dit qu'il avait faim ?

Gidon cachait ses mains nerveuses derrière son dos.

– Oui, répéta-t-il. C'est ce qu'il m'a dit. Qu'il a faim. Et qu'il a droit au dernier repas.

Gad se mit à rire, mais son rire sonnait faux.

– Voilà le sang-froid britannique, lança-t-il.

Sa remarque resta suspendue au-dessus de nos têtes. Personne ne s'ouvrit pour la recevoir.

Père me regardait durement et son regard me rappelait : un homme va mourir et il a faim.

– Il faut l'admettre, remarqua Gad, les Anglais ont de l'estomac.

Cette remarque également, personne n'y fit attention. Tout à coup, mon estomac se mit à me faire mal. Je n'avais pas mangé de la journée.

Ilana se leva et se dirigea vers la cuisine.

– Je vais lui préparer à manger, déclara-t-elle.

Je l'entendais s'affairer dans la cuisine. Elle coupait du pain, ouvrait le frigidaire, préparait du café. Au bout de quelques minutes, elle revint avec une tasse de café bouillant dans une main et une assiette dans l'autre.

– Voilà, constata-t-elle. C'est tout ce que j'ai trouvé : un sandwich au fromage et du café noir. Sans sucre. » Elle se tut un moment et reprit : « C'est un repas maigre, mais je n'ai pu en faire de meilleur. » Elle demeura silencieuse quelques secondes, puis s'enquit : « Alors, qui le lui porte ?

Le petit garçon qui se tenait près de mon père me pénétra de son regard. Son regard avait une voix et cette voix me disait :

– Vas-y. Porte-lui à manger. Il a faim, tu sais.

– Non, dis-je au petit garçon. Pas moi. Je ne veux pas le voir. Je ne peux pas le voir en train de manger. Je désire penser à lui, plus tard, comme à un homme qui ne mangeait jamais.

J'aurais voulu ajouter que j'avais des crampes d'estomac, mais je réalisai que cela n'avait pas d'importance. Au lieu de cela, j'avouai :

– Je ne veux pas être seul avec lui. Pas maintenant.

– Nous irons avec toi, proposa la voix du petit garçon. Nous descendrons avec toi. C'est mal de ne pas donner à manger à un homme qui a faim, tu sais.

Oui, je le savais. Bien sûr que je le savais. J'ai toujours offert du pain à ceux qui avaient faim. N'est-ce pas, monsieur le mendiant ? Ne vous ai-je pas offert du pain ? Mais cette nuit est différente. Cette nuit, je ne peux pas.

– C'est vrai, enchaîna le petit garçon. Cette nuit est différente ; et tu es différent cette nuit – ou plutôt, tu vas l'être. Cependant, cela n'a rien à voir avec le fait qu'un homme a faim et qu'il faut lui porter à manger.

– Mais il mourra demain, m'écriai-je. Quelle différence cela fait-il s'il meurt le ventre plein ou à jeun ?

– Pour le moment, il est vivant », dit sentencieusement le petit garçon. Et mon père hocha la tête en acquiesçant. Tous l'imitèrent. « Il est vivant. Il a faim et tu refuses de lui donner à manger.

Tous ces hochements de tête, arbres noirs empoignés par un vent puissant et capricieux, me firent frémir. J'aurais voulu fermer les yeux mais j'avais honte. On ne ferme pas les yeux en présence de son père.

– Bon, fis-je d'une voix résignée. J'accepte. Je lui porterai à manger. » Les hochements de tête cessèrent d'un seul coup comme si toutes ces têtes obéissaient à la baguette d'un chef d'orchestre invisible. « Bon, répétai-je, je lui apporterai à manger, mais auparavant, petit garçon, renseigne-moi. Est-ce que les morts ont faim, eux aussi ?

Le petit garçon eut à nouveau l'air étonné.

– Tu l'ignorais ? Vraiment ?... Bien sûr qu'ils ont faim.

– Faut-il leur donner à manger ?

– Quelle question ! s'exclama le petit garçon. Bien sûr qu'il faut leur donner à manger. Seulement, c'est difficile...

– C'est difficile... difficile... difficile, reprirent les ombres en chœur.

Le petit garçon m'observa un instant, se mit à sourire et me dit :

– Je vais te confier un secret. » Sa voix se fit chuchotante. « Savais-tu que les morts ont l'habitude de se lever de leurs tombes à minuit ?

Je l'assurai que oui, je le savais. On me l'avait dit.

– T'a-t-on dit aussi que, du cimetière, ils viennent tous à la synagogue ?

Oui, on m'en avait averti. Cela aussi, on me l'avait dit.

– Eh bien, c'est vrai », confirma le petit garçon. Puis, après un silence, comme s'il tenait à accentuer l'effet dramatique de ce qui allait suivre, il poursuivit d'une voix plus basse encore, si basse qu'elle eût été inaudible si elle n'avait été en moi : « Oui, c'est vrai. Ils se rassemblent à minuit, à la synagogue, mais non pour la raison que tu crois. Tu penses qu'ils viennent prier ? Non. Ils viennent manger...

Tout commençait à tourner autour de moi : les murs, les chaises, les têtes. Ils se mirent tous à danser à un rythme réglé d'avance, sans déplacer l'air, sans mettre pied à terre. Je devenais le centre fixe d'une multitude de cercles. J'aurais dû fermer les yeux et me boucher les oreilles, mais mon père était là, et ma mère, et mon maître, et le mendiant, et le petit garçon. On ne ferme pas les yeux, on ne se bouche pas les oreilles quand ceux qui firent de vous ce que vous êtes dansent autour de vous.

– Donnez-moi cela, ordonnai-je à Ilana. Je vais le lui porter.

Les danseurs s'arrêtèrent d'un coup, comme si j'étais leur chef d'orchestre et que mes paroles me servissent de baguette.

Je fis un pas vers Ilana, qui se tenait immobile dans la porte de la cuisine. Soudain Gad s'élança et, d'un bond, il fut près de la jeune fille.

– Laisse, me dit-il. Je vais le lui donner.

D'un mouvement brusque, presque brutal, il arracha la tasse et l'assiette des mains de la jeune fille et descendit en courant les escaliers menant à la cave.

Joav consulta sa montre.

– Il est deux heures passées, annonça-t-il.

– Seulement ? demanda Ilana. C'est une longue nuit, la plus longue nuit que j'aie jamais vécue.

– Oui, acquiesça Joav. Elle est longue, cette nuit.

Ilana se mordit les lèvres.

– Par moments, j'ai l'impression qu'elle ne finira jamais, qu'elle durera toujours. C'est comme la pluie. Surtout chez nous, la pluie, comme toute chose ici, suggère la permanence, l'éternité. Je me dis : il pleut aujourd'hui, il pleuvra demain, et après-demain, et le jour d'après, la semaine d'après, le siècle d'après. Maintenant aussi je me dis : il fait nuit maintenant, il fera nuit demain, et après-demain, et le jour d'après, le mois d'après, le siècle d'après.

Elle s'arrêta brusquement, prit le mouchoir qu'elle gardait dans la manche retroussée de sa blouse et s'essuya le front en sueur.

– Je me demande pourquoi il fait si chaud ici, remarqua-t-elle. Surtout à cette heure de la nuit.

– Il fera plus frais à l'aube, promit Joav.

– Je l'espère, dit Ilana. A quelle heure fait-il jour ?

– Aux environs de cinq heures.

– Et quelle heure est-il maintenant ? demanda Ilana.

Joav consulta de nouveau sa montre.

– Deux heures vingt, répondit-il.

– Tu n'as pas chaud, Elisha ? dit-elle en tournant la tête de mon côté.

– Si, dis-je. J'ai chaud.

Ilana alla reprendre sa place à la table. Je m'approchai de la fenêtre et regardai au-dehors. La ville semblait lointaine, irréelle. Plongée dans un lourd sommeil, elle faisait des rêves d'angoisse, des rêves d'espoir, des rêves qui, demain, donneraient naissance à d'autres rêves. Et ces rêves, à leur tour, engendreraient de nouveaux héros qui vivraient la nuit et se prépareraient à mourir à l'aube ; à mourir et à donner la mort.

– J'ai chaud, Ilana, prononçai-je à voix forte. J'étouffe.

Je ne sais combien de temps j'étais resté ainsi, le corps en sueur, debout près de la fenêtre ouverte, quand, soudain, une main chaude, vibrante, rassurante se posa sur mon épaule : Ilana.

– A quoi penses-tu ? me demanda-t-elle.

– A la nuit, répondis-je. La nuit, je pense toujours à la nuit.

– Et à John Dawson ?

– Et à John Dawson.

Quelque part dans la ville, une fenêtre s'alluma pour s'éteindre aussitôt : un homme qui voulait voir l'heure, ou une mère soucieuse de savoir si son enfant souriait dans son sommeil.

– Tout à l'heure, dit Ilana, tu ne tenais pas à le voir, n'est-ce pas ?

– Je ne tiens pas à le voir, répliquai-je.

Je songeais : Un jour, mon fils me demandera : tu as l'air triste tout à coup. Pourquoi ? Je suis triste, lui dirai-je, car mes yeux voient un capitaine anglais qui s'appelait John Dawson ; un jour mes yeux se posèrent sur son visage au moment de sa mort... Peut-être devrais-je lui mettre un masque, pensai-je. Un masque, c'est plus facile à tuer et à oublier.

– Tu as peur ? questionna Ilana.

– Oui, répondis-je. J'ai peur.

J'aurais voulu ajouter que la peur, ce n'est rien. Je ne la crains pas. La peur, ce n'est qu'une couleur, un décor, un paysage. Le problème est ailleurs. Que le bourreau ou la victime aient peur, l'un ou l'autre, cela n'a que très peu d'importance. Ce qui importe, c'est le fait que chacun d'eux joue dans la pièce un rôle qui lui est imposé. Bourreau et victime sont les deux extrémités de notre condition. Que l'on puisse s'y trouver malgré soi, voilà ce qui est tragique.

– Toi ? Toi, Elisha ? Toi, tu as peur ? insista Ilana.

Je compris le sens de sa question : Toi, Elisha, tu as peur ? Toi qui es passé par Auschwitz ? Toi qui as connu Buchenwald ? Toi qui as vu Dieu mourir sur plus d'une bouche, plus d'une fois ? Toi, tu as peur ?

– Oui, Ilana, répétai-je. J'ai peur.

Elle ne se doutait pas que la peur n'est pas le thème principal de ce récit. Comme la mort, ce n'en est que le décor et la couleur locale.

– De quoi as-tu peur ? ajouta-t-elle.

Sa main vibrante et chaude reposait toujours sur mon épaule. Ses seins me touchaient presque. Je sentais l'haleine de sa bouche sur ma nuque. Sa blouse était trempée, son visage défait. Elle ne comprend pas, pensai-je.

– J'ai peur qu'il me fasse rire, lui dis-je en essayant de lui faire comprendre. Voyez-vous, Ilana, il serait capable de gonfler sa tête et de la faire éclater en morceaux, uniquement pour me faire rire. C'est cela qui me fait peur.

Mais elle ne me comprenait pas. Elle prit le mouchoir qu'elle gardait dans sa manche retroussée, et m'essuya le front et la nuque qui étaient en sueur. Puis elle m'embrassa légèrement sur le front et me conseilla :

– Tu te tourmentes trop, Elisha. Les otages ne sont pas des pitres. Ils ne nous font pas rire.

Pauvre Ilana ! Elle avait une voix aussi pure et aussi triste que la vérité, une voix aussi triste que la pureté.

Mais elle ne comprenait pas. Son regard s'arrêtait aux reflets ; elle ne voyait pas l'essentiel.

– C'est peut-être vrai, déclarai-je, résigné. C'est nous qui les faisons rire. Ils rient après la mort.

Elle se mit alors à me caresser les cheveux, la nuque, le visage. Je sentais toujours la pression de ses seins contre mon corps. Puis elle se mit à me parler, de sa voix douce, triste et pure, comme on parle à un enfant malade qui n'a personne pour le consoler ou calmer sa soif.

– Tu te tourmentes trop, mon petit. Tu te tourmentes beaucoup trop, dit-elle à plusieurs reprises. (Elle ne disait pas « mon pauvre petit », ce dont je lui savais gré.) Il ne faut pas, mon petit. Tu es jeune. Tu es intelligent. Tu n'as que trop souffert dans la vie. Bientôt, tout cela sera terminé. Les Anglais évacueront le pays et nous remonterons à la surface, pour vivre une vie normale, saine, simple. Tu te marieras. Tu auras des enfants. Tu leur raconteras des histoires. Tu les feras rire. Tu seras heureux, parce qu'ils seront heureux ; et ils le seront, je te le promets. Ils ne pourront pas ne pas l'être... avec un père comme toi... Et tu auras depuis longtemps oublié cette nuit, cette chambre, moi et le reste...

En disant « et le reste », elle décrivit un demi-cercle de sa main. Je pensais à ma mère. Elle parlait ainsi, sur ce ton émouvant et ému, usant des mêmes mots, presque aux mêmes endroits. Je l'aimais, ma mère. Chaque soir – jusqu'à mes neuf ou dix ans – elle venait me mettre au lit et chanter des berceuses ou me conter des histoires. Une chèvre se trouve près de ton lit, m'assurait-elle. Une chèvre d'or. Elle t'accompagnera partout dans la vie. Toujours. Parfois, elle te précédera pour te guider ; d'autres fois, elle te suivra pour te protéger. Et, même lorsque tu seras grand, même lorsque tu seras riche, même lorsque tu sauras tout ce qu'un homme peut savoir et que tu posséderas tout ce qu'un homme doit posséder, même alors, la chèvre sera près de toi.

– Vous me parlez, Ilana, comme si vous étiez ma mère.

Ma mère avait une belle voix, elle aussi. Elle était plus belle que celle d'Ilana. Pareille à la voix de Dieu, elle était capable de disperser le chaos et de me faire entrevoir un avenir qui aurait pu être mien. La chèvre devait m'y conduire. Mais je l'avais perdue en route, à Buchenwald pour être exact.

– Tu souffres, dit la jeune fille. Quand un homme parle de sa mère, cela signifie qu'il souffre.

– Non, Ilana, lui affirmai-je. En ce moment, c'est elle qui souffre le plus.

Soudain, ses caresses se firent plus légères, plus distantes. Elle commençait à comprendre. Une nouvelle couche d'ombre se posa sur son visage. Elle se tut un bon moment puis joignit son regard au mien pour voir la même nuit qui nous tendait sa main noire par la fenêtre ouverte.

– La guerre, remarqua Ilana, c'est comme la nuit. Elle couvre tout.

Oui, elle commençait à comprendre. Je ne sentais presque plus ses doigts sur ma nuque.

– Nous nous disons que nous sommes engagés dans une lutte sacrée, poursuivit-elle, que nous luttons contre quelque chose, pour quelque chose ; nous nous battons contre les Anglais, nous nous battons pour une Palestine libre, indépendante. C'est ce que nous nous disons. Mais, je le sais bien, Elisha, les mots, les mots ne font que donner un sens à nos actes, tandis que nos actes – une fois réduits à leur dimension réelle, c'est-à-dire primitive – ont la couleur, l'odeur du sang. C'est la guerre, nous disons-nous. Il faut tuer. Alors, nous tuons. Il y a ceux – comme toi – qui tuent avec leurs mains et d'autres – comme moi – qui tuent avec leur voix. Chacun tue à sa manière. Mais, que pouvons-nous faire d'autre ? La guerre a ses lois. Si tu les nies, tu nies sa valeur et tu offres à l'ennemi la victoire. Nous ne pouvons pas nous le permettre. Cette fois-ci, nous avons besoin d'une victoire, d'une victoire gagnée à la guerre, nous en avons besoin pour survivre, pour continuer à nous maintenir à la surface du temps...

Elle n'avait pas une seule fois élevé la voix. On eût dit qu'elle se racontait une histoire, se chantait une berceuse peut-être.

Elle avait parlé d'un ton calme et presque monotone qui ne manifestait ni passion, ni intérêt, ni même désespoir.

Dans l'ensemble, elle avait raison. Nous étions en guerre. Nous avions un but, un idéal. Nous avions un ennemi qui s'interposait entre nous et l'infini. Il fallait donc l'éliminer. Comment ? N'importe comment. Les méthodes n'avaient que peu d'importance. Les moyens étant multiples, on les oublie vite. C'est la fin, étant unique, qui compte et qui reste. Ilana avait probablement vu juste : un jour, j'aurais oublié tout cela. Mais les morts se souviendraient. Ils n'oublient rien, les morts. A leurs yeux, je resterais bourreau pour toute éternité. Il n'y a pas mille façons d'être bourreau : on l'est ou on ne l'est pas. On ne peut pas dire : je serai bourreau pour un homme, pour dix, pour vingt-six, je le serai pendant un jour ou durant cinq minutes. Celui qui est le bourreau d'un seul être humain le reste pour la vie. Il peut se choisir un autre métier, se cacher sous une nouvelle identité, mais le bourreau – ou du moins le masque du bourreau – lui restera collé à la peau, pour toujours. C'est là le problème. L'influence durable du décor sur le sujet. La guerre est capable de faire de moi un bourreau ; ce rôle, je le garderai même lorsque le décor aura changé, même lorsque je jouerai dans d'autres pièces, sur d'autres scènes.

– Je ne veux pas être bourreau », dis-je à Ilana. Je prononçai le mot « bourreau » très vite. Je voulais m'en débarrasser. Il me brûlait la bouche.

– Qui voudrait l'être ? » constata la jeune fille. Elle me caressait toujours la nuque, mais je ne sais pourquoi j'avais l'impression que ce n'était pas ma nuque qu'elle caressait, que ce n'étaient pas mes cheveux qu'elle peignait de ses doigts moites. La meilleure femme du monde aurait peur de toucher la peau d'un bourreau, de caresser le front d'un homme à qui l'épithète de bourreau collera à la peau pour la vie.

Je jetai un regard oblique derrière moi pour voir si les autres étaient toujours là. Gidon et Joav somnolaient, la tête sur la table, les bras leur servant d'oreillers. Gidon semblait prier même dans son sommeil. Gad était toujours en bas, dans la cave. Je me demandai ce qu'il y faisait si longtemps. Les autres, ombres à trois dimensions, suivaient la conversation mais n'y prenaient aucune part. Je m'en étonnais. Ilana se taisait.

– A quoi pensez-vous ? lui demandai-je.

Elle ne répondit pas. Un peu plus tard, je lui posai la question une seconde fois. Cette fois encore, elle ne répondit pas.

Je me taisais. Ilana se taisait. Et cette foule, derrière moi, cette foule faite de silences dont les ombres absorbaient la lumière et en faisaient une lumière noire, triste, funèbre, hostile, cette foule fixée dans une immobilité pétrifiante, se taisait elle aussi.

Ces silences me remplissaient de terreur. Ils différaient du mien. Ils étaient froids, durs, sans vie, sans devenir. Ils ne bougeaient pas.

Enfant, j'avais peur des morts ; j'avais peur du cimetière, ce royaume mystérieux des morts. Ces silences dont les morts s'entouraient provoquaient ma frayeur.

Je savais que, derrière moi, debout, serrés l'un contre l'autre comme pour se protéger du froid, ils jugeaient. Les morts, habitant un monde fini, n'ont rien d'autre à faire que de juger, et, ne possédant plus le sens de l'avant et de l'après, ils sont des juges impitoyables. Ils condamnent non pas avec l'entendement de leur être, mais avec leur être même.

Derrière mon dos, ils me jugeaient. Je devinais que leurs silences jugeaient le mien. J'aurais voulu me retourner et regarder leurs silences mais, à cette seule pensée, j'étais pris d'angoisse.

Bientôt, Gad remontera, me dis-je. Bientôt, je devrai descendre à la cave. Sous peu l'aube se lèvera, il fera jour et cette foule se dissipera dans la brise du matin. Je ne bougerai pas. Le dos tourné à eux, je resterai là, près de la fenêtre, à côté d'Ilana, jusqu'à l'aube.

Après une minute, j'en décidai autrement. Père était là, et mère, le mendiant, le maître. Je ne pouvais leur tourner le dos. Ce serait une insulte. Je devais les regarder en face.

Prudemment, je me retournai. Il y avait deux sortes de lumière dans la pièce : l'une blanche, l'autre obscure. La première s'étendait sur Gidon et Joav endormis, tandis que l'autre émanait de la foule.

Je laissai Ilana à la fenêtre, perdue dans ses réflexions, dans ses regrets peut-être, et me mis à marcher dans la chambre, m'arrêtant ici et là devant un visage connu, devant une tristesse familière. Je savais qu'ils me jugeaient, que ces visages, que ces tristesses me jugeaient. Ils sont morts et ils ont faim. Quand les morts ont faim, ils jugent les vivants. Et impitoyables, ils le sont ; ils n'attendent pas que l'acte soit commis, que le crime soit achevé. Ils jugent avant.

C'est en captant le silence du petit garçon – son silence se fit regard – que je décidai de leur parler. Une inquiétude s'y reflétait, inquiétude qui le rendait plus mûr, plus vieux. Je leur parlerai, me dis-je. Ils n'ont pas le droit de condamner le petit garçon.

M'approchant de mon père, je vis la douleur qui était inscrite sur son visage. Mon père était parti une minute avant l'arrivée de l'Ange de la Mort ; ainsi, en déjouant celui-ci, avait-il réussi à emmener avec lui sa douleur humaine, sa douleur vivante.

– Père, lui dis-je, ne me juge pas. Juge Dieu. C'est Lui qui créa l'univers et fit de sorte que justice soit obtenue par des injustices, que le bonheur d'un peuple soit acquis au prix des larmes, que la liberté d'une nation – comme celle des hommes – soit une statue élevée sur les corps des condamnés à mort...

Je me tenais devant lui, ne sachant que faire de mes mains, de mes yeux, de ma tête. J'aurais voulu transfuser toute la vie de mon corps, tout le sang de mon corps, dans ma voix. Par instants, je crus y avoir réussi.

Je parlai longtemps. Je lui dis des choses qu'il savait sans doute, car c'était lui qui me les avait enseignées. Je les lui répétai, uniquement pour lui prouver que je ne les avais pas oubliées.

– Ne me juge pas, père, le suppliai-je, tremblant et désespéré. Père, ce n'est pas moi qu'il faut juger ; c'est Dieu. Juge Dieu, père. C'est lui la cause première. C'est lui qui conçut les choses et les hommes tels qu'ils sont.

Juge-le, père. Tu es mort et seuls les morts peuvent se permettre de juger Dieu.

Mais il ne réagit pas. La douleur humaine se fit plus humaine sur son visage amaigri, mal rasé, noirci. Alors, je le quittai pour parler à ma mère, qui se tenait à sa droite.

Je ne pus lui parler. J'avais trop mal. Je crus l'entendre murmurer : « Mon pauvre petit, mon pauvre petit », et j'eus les larmes aux yeux. Je lui dis seulement que je n'étais pas un assassin, qu'elle n'avait pas donné la vie à un tueur, mais à un soldat, à un combattant de la liberté, à un idéaliste qui sacrifiait sa paix intérieure – qui vaut plus que la vie – à son peuple, pour le droit de son peuple au soleil, à la joie, aux rires des enfants. Ce fut tout ce que je pus lui dire, d'une voix haletante, fiévreuse, entrecoupée de larmes.

Et comme elle ne réagissait pas non plus, je la laissai, elle aussi, et vint me planter devant mon vieux maître. De tous, c'était lui que la mort avait le moins changé. Vivant, il n'était pas différent. Vivant, nous disions de lui qu'il n'était pas de ce monde. Maintenant encore, il n'était pas de ce monde.

– Je ne t'ai pas trahi, lui affirmai-je, comme si l'acte était déjà derrière moi. Si je refusais d'obéir aux ordres, je trahirais mes amis vivants. Les vivants ont plus de droits sur nous que les morts. C'est toi, maître, qui me l'as dit. Il est écrit dans la Bible : ET TU CHOISIRAS LA VIE. J'ai choisi les vivants. Ce n'est pas une trahison, maître.

Yerachmiel se tenait à côté de lui. Yerachmiel était mon ami, mon camarade, mon frère. Fils de cocher, il avait les mains d'un laboureur et l'âme d'un saint. Nous étions les élèves préférés du maître. Avec nous, il étudiait, le soir, les secrets de la Kabbale. Je ne savais pas que lui aussi, Yerachmiel, était mort. Je l'appris à l'instant où je le vis là, dans la foule, à côté du maître ; non, pas tout à fait à côté, légèrement derrière lui, pour lui marquer son respect.

– Yerachmiel, lui dis-je. Yerachmiel, mon frère, souviens-toi.

Ensemble nous tissions des rêves qui nous dépassaient. Selon la Kabbale, l'homme serait capable, si son âme était assez pure, si son amour était assez profond, de faire venir le Messie. Alors, un soir, en rentrant de l'école, Yerachmiel et moi, nous résolûmes de tenter l'expérience. Nous savions parfaitement le danger que cela comportait. Personne ne peut forcer la main de Dieu sans y risquer sa vie. Des hommes plus grands que nous, plus instruits que nous, plus mûrs que nous, avaient perdu la leur en essayant d'arracher le Messie aux chaînes de l'avenir ; en échouant, d'aucuns perdirent la foi, d'autres la raison, d'autres encore, la vie. Tout cela, nous le savions, Yerachmiel et moi, mais nous étions décidés à aller jusqu'au bout malgré les embûches qui nous guettaient tout au long de la route. Nous nous disions que nous marcherions ensemble, coûte que coûte. Si l'un mourrait, l'autre poursuivrait. De fait, nous nous mîmes à nous préparer au voyage en profondeur. Nous commençâmes à purifier le corps, la pensée et l'âme. Nous jeûnâmes le jour et récitâmes des prières la nuit. Pour purifier la bouche et purifier la parole, nous parlions le moins possible et, le samedi, nous observions un silence absolu.

Nous aurions pu réussir. Mais la guerre éclata. Nous fûmes chassés de nos maisons, de notre ville. La dernière fois que je le vis, Yerachmiel marchait au milieu d'un groupe de Juifs qu'on allait déporter en Allemagne. Une semaine plus tard, j'arrivai en Allemagne, moi aussi. Yerachmiel se trouvait dans un camp, moi dans un autre. Souvent, je me demandais s'il avait continué nos efforts, même dans le camp. Maintenant, je savais : oui, il avait continué et en était mort.

– Yerachmiel, lui dis-je. Yerachmiel, mon frère, souviens-toi...

Quelque chose en lui avait changé : ses mains. A présent, elles étaient celles d'un saint.

– Nous aussi, poursuivis-je en regardant ses mains, nous aussi, mes camarades du Mouvement et moi, nous essayons de forcer la main de Dieu... Les morts comme toi devraient nous aider et non pas nous juger...

Mais il se taisait, Yerachmiel. Et ses mains se taisaient. Et quelque part dans l'univers du temps, le Messie se taisait lui aussi.

En quittant Yerachmiel, je retournai voir le petit garçon qui ressemblait à celui que j'avais été.

– Toi aussi, tu me juges ? lui demandai-je. Toi, tu ne devrais pas me juger. Tu as de la chance ; tu es mort jeune. Si tu avais continué à vivre, tu serais devenu moi.

Alors, le petit garçon se mit à parler. Sa voix était remplie d'échos inquiets, de nostalgies lointaines.

– Je ne te juge pas, me confia-t-il. Nous ne sommes pas ici pour te juger. Nous sommes ici parce que tu es ici. Nous sommes partout où tu vas, nous sommes ce que tu fais. Quand tu lèves les yeux vers le ciel, tu nous le fais voir ; quand tu caresses les cheveux d'un petit garçon qui a faim, mille mains se posent sur sa tête ; quand tu donnes du pain à un pauvre, nous lui donnons ce goût délicieux de paradis que, seuls, les pauvres savent apprécier. Pourquoi sommes-nous silencieux ? Mais parce que le silence est notre être et non seulement notre patrie. Nous sommes le silence. Ton silence, Elisha, c'est un peu nous. Vois-tu, tu nous portes en toi.

Parfois, il t'arrive de nous voir, le plus souvent tu ne nous vois pas. Lorsque tu nous vois, tu crois que nous sommes là pour te juger. Tu as tort de le croire. Ce n'est pas nous qui te jugeons : c'est le silence qui est en toi.

Soudain, une main m'effleura le bras : celle du mendiant. Je me retournai et le vis derrière moi. Je savais qu'il n'était pas l'Ange de la Mort mais bien le prophète Élie.

– J'entends les pas de Gad, dit-il. Il remonte.

– J'entends les pas de Gad, remarqua Ilana en me touchant le bras. Il remonte.

D'un pas lent, Gad entrait dans la chambre, le visage fermé. Ilana courut à lui et l'embrassa sur la bouche. Il la repoussa avec douceur.

– Tu es resté si longtemps en bas, dit Ilana. Qu'est-ce qui t'a pris si longtemps ?

Un sourire cruel et douloureux effleura son visage.

– Oh, rien, dit-il. Je le regardais manger.

– Il a mangé ? demandai-je, surpris. Il pouvait donc manger ?

– Oui, répondit Gad. Il a mangé. Avec appétit.

Je ne comprenais pas.

– Quoi ! m'écriai-je. Tu veux me dire qu'il avait faim ?

– Je n'ai pas dit cela, rétorqua Gad. Je n'ai pas dit qu'il avait faim. J'ai dit qu'il mangeait avec appétit.

– Il n'avait donc pas faim, poursuivis-je.

Le visage de Gad se rembrunit.

– Non, il n'avait pas faim.

– Alors, pourquoi mangeait-il ?

– Je ne sais pas, répondit Gad, nerveux. Sans doute pour me prouver qu'il est capable de manger, même lorsqu'il n'a pas faim.

Ilana scrutait le visage de l'homme qu'elle aimait. Elle tenta de capter son regard, mais Gad l'avait fixé à un point invisible de l'espace.

– Qu'avez-vous fait après ? demanda-t-elle, soudain inquiète.

– Après quoi ? répondit Gad, brusquement.

– Après qu'il eut terminé le repas.

Gad haussa les épaules.

– Rien, assura-t-il.

– Comment rien ? s'étonna Ilana.

– Rien. Il m'a raconté des histoires.

Ilana lui secoua le bras.

– Des histoires ? Quel genre d'histoires ?

Gad laissa s'échapper un soupir de résignation.

– Il m'a raconté des histoires, répéta-t-il, visiblement las de répondre à des questions qui, à ses yeux, paraissaient grotesques.

J'aurais voulu lui demander s'il avait ri, si l'otage avait réussi à le faire rire. Je renonçai à poser cette question : de toute façon, la réponse serait absurde.

L'entrée de Gad avait tiré Gidon et Joav de leur sommeil. Le visage hagard, ils regardaient autour d'eux dans la chambre, comme pour s'assurer qu'ils ne rêvaient plus. Puis Joav, étouffant un bâillement, demanda quelle heure il était.

– Quatre heures, répondit Gad, après avoir consulté sa montre.

– Si tard ! Je ne me doutais pas qu'il était aussi tard.

Gad me fit signe de m'approcher.

– Bientôt, il fera jour, me rappela-t-il.

– Oui. Je le sais. Il fera jour.

– Tu sais ce que tu as à faire ?

– Je le sais.

Il mit la main dans sa poche et sortit un revolver. Il me le tendit. J'hésitai à le prendre.

– Prends-le, m'ordonna-t-il, impatient.

C'était un revolver noir, presque neuf. J'avais peur de le toucher, de l'accepter. La différence entre celui que j'étais et celui que je deviendrais, c'était ce revolver.

– Alors ? s'impatienta Gad. Prends-le.

Je tendis la main, le pris. Je l'examinai longuement, comme si je ne savais à quoi cet objet singulier pouvait bien servir. Finalement, je le mis dans la poche de mon pantalon.

– Je voudrais te poser une question, dis-je à Gad.

– Je t'écoute.

– Est-ce qu'il t'a fait rire ?

Gad me fixa de son regard froid, comme s'il n'avait pas compris ma question ou le besoin que j'éprouvais de la formuler. Il pensait à quelque chose et le froncement de ses sourcils me porta à croire qu'il y pensait intensément.

– L'otage, répétai-je, est-ce qu'il t'a fait rire ?

Son regard me transperça complètement ; je le sentis me pénétrer par les yeux et sortir par la nuque. Gad devait se demander ce qui se passait dans ma tête, pourquoi je lui posais ces questions sans importance, pourquoi je ne souffrais pas et pourquoi je ne cachais pas cette souffrance ou ce manque de souffrance derrière un masque.

– Non, répondit-il finalement. Il ne m'a pas fait rire.

Le masque craqua imperceptiblement. Il ne s'en rendit pas compte. Tous ses efforts servaient à contrôler ses yeux ; il avait oublié de contrôler sa bouche. Et c'est là, aux environs de la bouche, que le craquement eut lieu. Sa bouche – surtout la lèvre supérieure – trahissait maintenant une amertume, une colère terrible.

– Pas possible ! m'exclamai-je en feignant l'admiration. Comment as-tu fait ? Les histoires n'étaient-elles pas drôles ?

Gad émit un son étrange qui devait ressembler à un rire. Le silence qui s'ensuivit accentua la tristesse qu'une main invisible avait dessinée sur ses lèvres.

– Oh, elles étaient drôles ! Très drôles. Mais elles ne m'ont pas fait rire.

Il sortit une cigarette de la poche de sa chemise, l'alluma, tira quelques bouffées et, sans attendre ma prochaine question, il poursuivit :

– C'était simple : je pensais à David...

Je penserai à David, moi aussi, me dis-je. Il me défendra. Il peut toujours essayer de me faire rire, l'otage, je ne marcherai pas. David viendra à mon secours.

– Il se fait tard, dit Joav en étouffant un nouveau bâillement.

Gidon lui fit écho :

– Il se fait tard.

Du dehors, la nuit nous regardait toujours. Mais, à la façon dont elle nous regardait, il était facile de comprendre qu'elle s'apprêtait au départ.

Je pris une décision soudaine :

– Je descends, annonçai-je à Gad.

– Si tôt ? demanda-t-il, surpris ou ému. Tu as le temps. Une heure peut-être...

Je lui répondis que je préférais descendre avant : je voulais le voir, lui parler, le connaître. J'ajoutai qu'il est lâche de tuer un inconnu ; c'est presque trop facile. Comme à la guerre : on ne tue pas des hommes. On tire sur la nuit qui, blessée, émet des cris de douleur qui rappellent les plaintes déchirantes des hommes. Voilà : on tire dans la nuit, on tire dans la masse et on n'est jamais sûr qu'un homme ait été tué, ni par qui. Exécuter un inconnu, ce serait pareil. En ne le voyant qu'au moment de sa mort, j'aurais l'impression de tirer sur un mort. Ce serait lâche.

C'était la raison que je donnais pour expliquer ma décision. Je ne sais si elle était correcte. Maintenant, en y pensant, je me dis que, si je tenais à descendre avant, c'était peut-être simplement par curiosité : je voulais voir un otage. Je n'en avais jamais encore vu. Je voulais regarder un otage qui allait mourir, un homme qui savait qu'il allait mourir. Je désirais contempler un otage qui allait mourir et qui racontait des histoires drôles. Curiosité ? Volonté de faire preuve de courage ? Les deux peut-être...

– Veux-tu que je t'accompagne ? » s'enquit Gad. Une mèche lui couvrait une partie du front, mais il oubliait de la relever.

– Non, Gad, répondis-je. Je veux être seul avec lui.

Il me sourit. C'était le commandant qui, fier de son subordonné, m'offrait son sourire, sa fierté. Il mit sa main sur mon épaule et la pressa affectueusement.

– Veux-tu qu'on t'accompagne ? me demanda le mendiant, la main sur mon épaule.

– Non, l'assurai-je. Je veux être seul avec lui.

Une bonté immense brillait dans ses yeux :

– Tu ne peux le faire sans eux, me dit-il, et, de la tête, il désignait la foule qui se tenait, à distance, derrière nous.

– Alors, qu'ils viennent plus tard, concédai-je.

Le mendiant prit ma tête dans ses mains et me regarda dans les yeux. Son regard était tellement puissant que, pour un instant, je doutai de mon propre être. Je me disais : je suis ce regard, c'est tout ce que je suis. Il a beaucoup de regards, le mendiant, et moi je suis l'un d'eux. Mais son regard rayonnait de bonté et je savais que le mendiant ne pouvait regarder avec bonté son propre regard. C'est ainsi que je pris conscience de mon être.

– D'accord, me dit-il. Ils viendront plus tard.

Et il retourna prendre sa place au centre de la foule.

Maintenant, c'était le petit garçon qui, de loin, par-dessus les têtes et les ombres, s'offrait à m'accompagner en bas. Je lui répondis : plus tard. Ma réponse le rendit triste. Je lui répétai ce que je venais de dire aux autres : plus tard. D'abord, je veux être seul avec lui.

– Bon, me promit le petit garçon. Nous viendrons plus tard.

Je promenai mon regard à travers la chambre, voulant le laisser là, avec l'espoir de le retrouver après mon retour.

Ilana parlait à Gad qui ne l'écoutait pas. Joav bâillait. Gidon se caressait le front comme s'il avait mal à la tête.

Dans une heure, tout aura changé, pensai-je. Je ne les verrai plus de la même manière. La table, les chaises, la porte de la cuisine, les murs, la fenêtre aussi, je les verrai différents. Seuls les morts, père, mère, le maître, Yerachmiel, eux seuls n'auront pas changé, car nous changeons ensemble, dans le même sens, en même temps, en faisant les mêmes choses.

Je tâtai ma poche pour voir si le revolver s'y trouvait toujours : il était là. J'eus même l'impression étrange qu'il vibrait, qu'il vivait, que son existence faisait partie de la mienne, qu'il avait un présent, un avenir, un destin, de même que, moi, j'avais un présent, un avenir, un destin. Mais, tandis que son destin, à lui, c'était moi, le mien c'était lui. Dans une heure, lui aussi aura changé, pensai-je.

– Il est tard, constata Joav en s'étirant.

De mes yeux, je dis adieu à la chambre, à Ilana, à Gad, à Gidon et à ses prières, à Joav et à son regard confus, à la table, à la fenêtre, aux murs, à la nuit, puis, d'un pas pressé, j'entrai dans la cuisine ayant l'impression que je courais à ma propre exécution.

Je descendis les marches de l'escalier ; involontairement, mon pas se ralentit, se fit lourd.

John Dawson était un bel homme. Même ainsi, avec une barbe de plusieurs jours, les cheveux hirsutes, la chemise froissée, quelque chose en lui le rendait élégant.

Il devait être dans la quarantaine, officier de carrière probablement : le menton énergique, les yeux pénétrants, au regard coupant, le front haut d'un intellectuel, la bouche mince, les mains fines.

En poussant la porte de sa cellule, je le trouvai étendu sur le lit de camp, étudiant le plafond.

Ce lit était l'unique meuble dont la cellule blanche et étroite était garnie. Grâce à un système ingénieux de ventilation que nous y avions installé, il faisait moins chaud ici, dans la cellule sans fenêtre, qu'en haut dans la chambre ouverte au vent et à l'air.

Lorsque John Dawson s'aperçut de ma présence, il ne manifesta ni surprise, ni effroi. Il ne se leva même pas, mais se contenta simplement de s'asseoir. Puis il m'étudia longuement, sans prononcer un mot, comme s'il eût voulu mesurer la force et la densité de mon silence. Son regard enveloppait tout mon être et je me demandai s'il voyait que j'avais des yeux partout.

– Quelle heure est-il ? demanda-t-il brusquement.

D'une voix faible, incertaine, je lui répondis qu'il

était quatre heures passées. Il fronça les sourcils comme s'il avait voulu saisir le sens profond, le sens caché de mes paroles.

– A quelle heure fait-il jour ? demanda-t-il encore.

– Dans une heure », dis-je. Et je ne sais pourquoi, j'ajoutai : « A peu près.

Nous nous dévisageâmes un long moment et soudain je me rendis compte que le temps ne s'écoulait plus selon son rythme régulier, normal. Je pensais : je le tuerai dans une heure. Pourtant je n'y croyais pas. L'heure qui me séparait du meurtre durera plus que ma vie, me dis-je. Elle appartiendra pour toujours à l'avenir reculé et ne rejoindra jamais le passé.

Je nous étudiais. Il y avait quelque chose d'antique dans la situation. Nous étions seuls, non seulement dans la cellule, mais dans le monde. Lui assis, moi debout. La victime et le justicier. Nous étions les premiers hommes de la création. Ou les derniers. En tout cas, les seuls. Et Dieu ? Il était là, quelque part sans doute. Peut-être était-il cette sympathie que John Dawson m'inspirait ! L'absence de haine de la part du bourreau envers sa victime et de la part de la victime envers son bourreau, c'est cela qui est Dieu, peut-être.

Nous étions seuls dans la cellule blanche et étroite. Lui, assis sur le lit, moi debout devant lui. Nous nous dévisagions. J'aurais aimé me voir avec ses yeux. Peut-être aurait-il voulu se voir avec les miens.

Je ne ressentais envers lui ni haine, ni colère, ni pitié ; je le trouvais simplement sympathique. J'aimais la manière dont il fronça les sourcils en pensant à quelque chose de précis ; j'aimais aussi celle dont il examina ses ongles, en formulant une pensée incomplète. En d'autres circonstances, il aurait pu être mon ami, pensais-je.

– C'est vous qui... ? demanda-t-il brusquement.

Comment l'avait-il deviné ? Il l'avait peut-être senti. La mort a une odeur. En entrant, je l'avais apportée avec moi. Il se peut aussi qu'il ait vu, tout d'un coup, que je n'avais ni mains, ni jambes, ni épaules, mais que j'étais fait d'yeux.

– C'est moi, dis-je.

Je me sentais calme. C'est toujours l'avant-dernier pas qui vous rend nerveux et vous torture ; le dernier fait de vous un être lucide, réfléchi, sûr de lui-même.

– Quel est votre nom ? me demanda-t-il.

Cette question me troubla un peu. Est-ce que tous les condamnés à mort la posent ? Pourquoi veulent-ils savoir le nom de leur bourreau ? Pour l'emporter avec eux dans l'au-delà ? Pour quoi faire ? Peut-être n'aurais-je pas dû le lui dire, mais on ne refuse rien à un homme qui va mourir.

– Elisha, lui répondis-je.

– C'est un nom très musical, remarqua-t-il.

– C'est le nom d'un prophète, expliquai-je. Elisha était le disciple d'Élie. C'est lui qui a rendu la vie à un petit garçon mort en étendant son corps sur le sien et en lui donnant son souffle et sa vie.

– Vous faites l'inverse, remarqua-t-il en souriant.

Il n'était pas en colère contre moi ; rien en lui ne manifestait de la haine. Lui aussi, probablement, se sentait calme, lucide, sûr de lui-même.

– Quel âge avez-vous ? me demanda-t-il intéressé.

Je lui dis : Dix-huit ans. Je ne sais pourquoi j'ajoutai : passés.

Il leva alors la tête vers moi, et je vis une immense pitié se réfléchir sur son visage qui se fit, tout à coup, plus maigre, de ligne plus aiguë. Il me tint un long moment sous son regard puis se mit à hocher tristement la tête, et me dit :

– Je vous plains.

Je sentis sa pitié entrer en moi. Je savais qu'elle me gagnerait totalement et que, demain, j'aurais pitié de moi-même.

– Racontez-moi une histoire, lui dis-je. Une histoire drôle si possible.

Je sentais mon corps devenir lourd. Demain, il sera plus lourd encore, beaucoup plus lourd, pensai-je. Demain, il portera ma vie et sa mort.

– Je suis le dernier homme qu'il vous est donné de voir avant de mourir, poursuivis-je. Faites-le rire.

De nouveau, il m'enveloppa de son regard, de sa pitié. Je me demandai si tous les condamnés à mort avaient ce regard envers le dernier homme qu'ils voient, si toutes les victimes éprouvent de la pitié envers leurs bourreaux.

– Je vous plains, répéta John Dawson.

Je fis un effort. Je devais sourire. Je souris :

– Ce n'est pas une histoire drôle que vous me racontez là, lui fis-je remarquer.

Il me répondit en souriant également. J'aurais voulu savoir lequel de nos deux sourires était le plus triste.

– En êtes-vous tellement sûr ?

Je n'en étais pas tellement sûr. Je n'en étais même pas sûr du tout. Après tout, il se peut que l'histoire ait été drôle. La victime assise, le justicier debout. Ils se sourient, ils se comprennent même. Ils se comprennent mieux ainsi que s'ils eussent été amis d'enfance. C'est cela le miracle que le temps produit. Toutes les couches des attitudes conventionnelles disparaissent. Chaque mot, chaque geste, chaque regard deviennent vérité et non pas un de ses reflets. Une harmonie s'établit. Mon silence comprend le sien. Mon sourire accueille le sien ; sa pitié se fait mienne. Jamais un être humain ne me comprendrait comme lui me comprenait à cette heure. Je le savais. Je savais aussi que cela était dû uniquement aux deux rôles, à nous imposés. Et c'est cela qui faisait de l'histoire une histoire drôle.

– Asseyez-vous, me dit John Dawson en me faisant place à sa gauche sur le lit de camp.

Je m'assis. Maintenant seulement je me rendais compte qu'il était plus grand que moi : il me dépassait d'une tête. Ses jambes aussi étaient plus longues que les miennes. Mes pieds ne parvenaient pas à toucher le sol.

– J'ai un fils qui a votre âge, commença-t-il. Il a votre âge mais il ne vous ressemble point. Il est blond. Il est sain. Il est fort. Il aime manger, boire, aller au cinéma, sortir avec des filles, rire et chanter. Il n'est pas aussi inquiet, aussi angoissé que vous... ni aussi malheureux.

Il se mit à me parler de son fils, « qui étudie actuellement à Cambridge », et chaque phrase était une langue de feu qui me brûlait le corps. De ma main droite, je tâtai le revolver dans ma poche. Lui aussi devenait incandescent ; il me brûlait les doigts.

Il ne faut pas que j'écoute son histoire, me dis-je. C'est mon ennemi ; l'ennemi n'a pas d'histoire. Il faut penser à autre chose. Au fond, c'est pour cela que je tenais à le voir : pour penser à autre chose pendant qu'il me raconterait une histoire. A autre chose... mais à quoi ? A Ilana, à Gad ? Oui, pensons à Gad qui pense à David. Pensons à David, à David ben Moshe, le héros du Mouvement qui... qui... qui...

Je fermai les yeux pour mieux le voir mais, ne l'ayant jamais rencontré, je ne pus l'imaginer utilement. Un nom ne suffit pas, pensai-je. Il faut un visage, un corps, une voix et leur coller dessus le nom de David ben Moshe. Un visage, un corps que je connaisse, une voix qui me soit familière. Gad ? Non. Pas Gad. Il est difficile de l'imaginer en condamné à mort. Condamné à mort. Pourquoi n'y ai-je pas pensé plus tôt ? John Dawson est un condamné à mort. Baptisons-le David, David ben Moshe. Dorénavant – pour les cinq minutes qui vont suivre – vous êtes David ben Moshe... et vous êtes à Saint-Jean-d'Acre. En prison. Dans la cellule blanche, baignée de lumière crue, froide, de ceux qui mourront à l'aube. En ce moment même, on frappe à la porte. On laisse entrer le rabbin. Il vient vous réconforter, réciter avec vous quelques chapitres des Psaumes, vous faire dire le *Vidui*, cette confession terrible par laquelle vous vous déclarez responsable non seulement des crimes et des péchés que vous avez commis, mais aussi de ceux que vous auriez pu commettre, de ceux que d'autres ont commis. Le rabbin vous donne la bénédiction traditionnelle : « Puisse Dieu te bénir et te protéger... » et vous exhorte à ne pas avoir peur. Vous lui répondez que vous n'avez pas peur, que si c'était à refaire, vous le referiez. Le rabbin vous sourit et vous dit que ceux du dehors sont fiers de vous. Il lutte contre ses larmes, le rabbin. Il est ému. Il veut pleurer. Il pleure. Vous, David, vous ne pleurez pas. Vous regardez le rabbin avec tendresse puisque c'est le dernier homme (le bourreau et les autres ne comptent pas), oui, c'est le dernier homme que vous verrez avant de mourir. Vous éprouvez beaucoup de tendresse envers ce rabbin que vous voyez pour la première fois. Il pleure et vous voulez qu'il cesse de pleurer. Alors, vous vous mettez à le réconforter. Vous lui dites : Ne pleurez pas. Ne pleurez pas pour moi. Je n'ai pas peur. Je ne suis pas à plaindre...

– Je vous plains, me dit John Dawson. Ce n'est pas mon fils que je plains, c'est vous.

Il se laissa tomber sur ses jambes. Il était tellement grand que sa tête touchait le plafond, de sorte qu'il était obligé de se baisser légèrement. Il mit les mains dans les poches de son pantalon kaki, au pli froissé, et se mit à arpenter la cellule : cinq pas à l'aller, cinq pas au retour.

– En effet, répliquai-je, c'est drôle ce que vous dites là.

Il n'entendit pas ma remarque. Les mains toujours dans les poches, il continua à arpenter la cellule, allant d'un mur à l'autre, cinq pas à l'aller, cinq pas au retour. Je regardai ma montre : quatre heures vingt.

Soudain, il s'arrêta devant moi et me demanda une cigarette. J'avais un paquet de « Players » dans ma poche. Je voulus le lui donner. Il refusa de l'accepter. Il ne pourrait les fumer toutes, expliqua-t-il. Sa voix restait calme, composée.

– Auriez-vous du papier et un crayon sur vous ? s'enquit-il brusquement, d'une voix pressée, impatiente.

Je sortis mon carnet, arrachai quelques feuilles et les lui tendis avec mon crayon.

– C'est un petit mot que vous seriez très aimable de faire parvenir à mon fils, déclara-t-il. J'inscrirai l'adresse dessus.

Je lui passai mon carnet afin qu'il puisse écrire plus facilement. Il resta debout, le lit servant de table. Pendant quelques minutes, il se fit dans la cellule un silence presque total, silence traversé uniquement par le grincement du crayon sur le papier.

Je regardai ses mains ; de l'une il tenait le carnet, tandis qu'il écrivait de l'autre. C'étaient des mains d'aristocrate : longues, fines, délicates. Elles avaient la peau transparente et lisse. J'étais fasciné par elles. Avec des mains pareilles, pensai-je, il est facile de réussir dans la vie ; il n'est nullement besoin de parler, de discuter, de sourire, de se plier en deux, d'offrir des fleurs et des compliments ; ces mains feront tout cela à votre place. Rodin, me suis-je encore dit, aurait aimé sculpter des mains pareilles.

Le nom de Rodin me fit songer à Stéphane. Je l'avais connu au camp. Il était sculpteur, avant la guerre. Lorsque je l'avais rencontré, dans le camp, il n'avait plus qu'une main : la gauche.

Stéphane était allemand et ceux qui lui avaient coupé la main droite étaient allemands eux aussi : des nazis.

A Berlin, au cours des premières années qui suivirent la prise de pouvoir par Hitler, Stéphane et quelques-uns de ses amis tentèrent d'organiser un embryon de résistance, petit groupe d'antinazis qui ne croyait pas à la sainte mission dont le peuple chargeait le Führer. Le groupe n'eut qu'une existence bien éphémère : la Gestapo le découvrit quelques mois après sa fondation.

Le jeune sculpteur fut arrêté, interrogé, torturé. Des noms, lui demandait-on. Donne-nous des noms et tu seras mis en liberté. Stéphane se taisait. On le battait : il gardait le silence. On l'affamait : il n'ouvrait pas la bouche. Pendant des jours et des nuits, on l'empêchait de fermer l'œil : il continuait à se taire. Finalement, il fut conduit devant le chef de la Gestapo à Berlin, un homme doux, timide, chétif. D'une voix bienveillante, paternelle, il conseilla à Stéphane de cesser de faire « des bêtises » et de mettre fin à son entêtement. Le sculpteur l'écouta poliment mais ne dit rien. Alors ? demanda l'homme doux. Commencez. Donnez-moi un nom, un seul. J'y verrai une preuve de bonne volonté de votre part. Stéphane resta muet. C'est dommage, dit l'homme doux. Vous m'obligez à vous faire mal.

Sur un signe de leur chef, deux gardes SS emmenèrent leur prisonnier dans une pièce adjacente, qui ressemblait à une salle d'opération. Une chaise de dentiste y était installée près de la fenêtre. Près de la chaise, sur une table couverte de toile blanche, des dizaines de bistouris, de ciseaux, de pincettes étaient étalés en bon ordre.

Les deux gardes SS fermèrent la fenêtre, attachèrent Stéphane à la chaise et allumèrent des cigarettes. L'officier chétif entra dans la pièce peu après. Il était maintenant vêtu d'une blouse blanche.

– Ne craignez rien, dit-il à Stéphane. J'étais médecin avant d'avoir revêtu l'uniforme SS.

Le médecin au visage doux et à la parole timide se mit à s'affairer à la table chirurgicale, choisit quelques instruments, puis vint s'asseoir devant le jeune homme.

– Donnez-moi la main droite, demanda-t-il.

Stéphane la lui tendit.

Le médecin, tout en étudiant la main de très près, continua à parler.

– On me dit que vous êtes sculpteur. Vous ne répondez pas ? Bon. Je sais que vous l'êtes. Cela se voit sur vos mains. Les mains d'un homme sont très loquaces, vous savez. Très expressives. Regardez les miennes ; on ne dirait pas qu'elles sont celles d'un médecin. C'est que je ne voulais pas être médecin. J'aspirais à devenir artiste : musicien ou peintre. Je ne suis devenu ni l'un, ni l'autre, mais j'ai conservé les mains d'un artiste. Regardez-les...

– Je les regardais et elles me fascinaient, me raconta Stéphane plus tard. Il avait les mains les plus fines, les plus pures, les plus angéliques que j'aie jamais vues de ma vie. On aurait dit qu'elles étaient habitées par une âme étrangère, exceptionnellement délicate, exilée.

– Étant sculpteur, poursuivit le médecin aux mains pures, vous avez besoin de vos mains. Malheureusement, nous, nous n'en avons pas besoin.

Et, en disant cela, il lui coupa le premier doigt.

Le lendemain, ce fut le tour du second.

Le surlendemain, ce fut le troisième qui tomba.

Cinq jours : cinq doigts. Les cinq doigts de la main droite.

– Rassurez-vous, dit l'officier à la voix paternelle. L'amputation est parfaite du point de vue médical. Aucune complication n'est à craindre.

– Je l'ai rencontré cinq fois, me confia Stéphane. (Par un miracle dont la raison lui échappait, Stéphane ne fut pas exécuté mais envoyé au camp de concentration.) Cinq fois je l'ai vu de près. Et, chaque fois, je n'ai pu arracher mon regard de ses mains qui étaient les plus belles mains d'homme qu'il me fut donné de voir de ma vie...

John Dawson termina sa lettre et me la tendit, mais je ne voyais pas le papier. Mon attention était concentrée sur ses mains fragiles et fières, à la peau transparente et lisse.

– Vous avez de très belles mains, remarquai-je.

Il m'étudia un moment, perplexe, sans dire un mot.

– Seriez-vous artiste ? lui demandai-je.

Il hocha négativement la tête.

– Je ne suis pas artiste, répondit-il.

– Vous n'avez jamais joué d'un instrument de musique ? Vous n'avez jamais fait de la peinture ? Vous n'avez jamais eu envie d'en faire ?

Il continua à m'étudier en silence, puis me lança une réponse brève.

– Non.

– Vous avez étudié la médecine, sans doute, continuai-je.

Il me jeta un regard étonné, comme s'il doutait soudain de ma raison.

– Je n'ai pas étudié la médecine, dit-il sur un ton légèrement fâché.

– Dommage !

– Dommage ? Pourquoi serait-ce dommage ?

– Regardez vos mains. Ce sont les mains d'un médecin. Pour couper les doigts, il est nécessaire d'avoir des mains pareilles.

D'un geste lent, calculé, il mit sur le lit les quelques feuilles de papier que, jusqu'alors, il avait tenu du bout des doigts.

– Est-ce une histoire drôle ? demanda-t-il.

– Oh oui ! Très drôle ! Le garçon qui me l'a racontée – un nommé Stéphane – la trouvait terriblement drôle. Il en riait aux larmes.

Il hocha la tête plusieurs fois, de droite à gauche, et d'une voix infiniment triste, me dit :

– Vous me haïssez, n'est-ce pas ?

Je ne le haïssais pas. J'aurais voulu le haïr. Cela aurait simplifié les choses. La haine – comme la guerre et l'amour et la foi – justifie tout, explique tout.

– Elisha, pourquoi avez-vous tué John Dawson ?

– Il était mon ennemi.

– Votre ennemi, lui ? Lui, John Dawson ? Expliquez-vous, Elisha.

– Bon, je m'explique. John Dawson était anglais. Les Anglais étaient alors les ennemis des Juifs en Palestine. Moi, je suis juif. Donc, il était mon ennemi.

– Mais, Elisha, je ne vous comprends pas : pourquoi

est-ce vous qui l'avez tué ? Étiez-vous son seul ennemi ?

– Non. Mais, les ordres. Vous savez ce que c'est, les ordres.

– Et ces ordres ont fait de lui votre seul ennemi ? Allons, Elisha, répondez. Pourquoi avez-vous tué John Dawson ?

En invoquant la haine, toutes ces questions pourraient m'être épargnées. Pourquoi j'ai tué John Dawson ? Mais, c'est simple : je le haïssais. Un point, c'est tout. La haine, relevant de l'absolu, clarifie tout acte humain, même lorsqu'elle l'entoure d'inhumain.

J'aurais tant voulu le haïr. Au fond, c'était un peu pour cela que j'avais décidé de descendre lui parler, avant de le tuer. C'était absurde de ma part, je le sais bien, mais, néanmoins, j'espérais trouver en lui – ou en moi en face de lui – des raisons qui donneraient naissance à la haine.

L'homme hait son ennemi parce qu'il hait sa propre haine. Il se dit : c'est lui, l'ennemi, qui fait de moi un être capable de haine ; je le hais, non parce qu'il est mon ennemi, non parce qu'il me hait, mais parce qu'il engendre ma haine.

Je me disais : John Dawson fait de moi un meurtrier. Il fait de moi le meurtrier de John Dawson. Il mérite ma haine. Sans lui, je serais peut-être meurtrier, mais pas meurtrier de John Dawson.

Je suis donc descendu à la cave pour mieux le haïr. Je pensais : ce ne sera pas difficile. Il y a une technique éprouvée dont toutes les armées du monde, tous les gouvernements de l'histoire se sont servis pour provoquer la haine. Cette technique, la voici : à coups de propagande, de discours, de films, on crée une image de l'ennemi, dans lequel on voit une incarnation du mal, le symbole de toute souffrance humaine, la cause et l'origine de toute injustice, de toute cruauté, depuis le premier jour de la création de l'univers. Elle est infaillible, cette technique, me répétai-je. Je m'en servirai contre ma victime.

J'essayai de m'en servir. Je me dis : tous les ennemis sont égaux. Ils se valent. L'un est responsable des crimes commis par l'autre. Ils ont des têtes différentes mais, en commun, ils possèdent les mains, ces mains qui coupent les langues, les doigts de mes amis.

En descendant les marches de l'escalier, j'étais sûr de rencontrer face à face l'homme qui avait condamné à mort David ben Moshe, l'homme qui avait tué mes parents, l'homme qui s'était interposé entre moi et celui que je voulais devenir, l'homme qui s'apprêtait à tuer l'homme en moi.

J'étais sûr de pouvoir le haïr.

Ensuite, je vis son uniforme et me dis : Magnifique ! Rien n'encourage la haine plus qu'un uniforme.

Je vis ses belles mains, fines et délicates, et me dis : Quelle chance ! Stéphane sculptera ma haine envers elles.

Lorsqu'il pencha sa tête pour écrire sa dernière lettre à son fils – « qui étudie à Cambridge, aime l'amour et aime la vie » – mon regard tomba sur sa nuque et je me dis : David aussi est en train d'écrire sa dernière lettre – adressée au Vieux, probablement – avant d'offrir sa nuque au bourreau.

Quand il me parlait, c'est encore à David qu'allaient mes pensées. A David qui n'avait à qui parler. Le rabbin ? On ne parle pas à un rabbin. Il est trop pressé de transmettre vos dires au bon Dieu. On se confesse devant lui, on récite avec lui les psaumes, les prières de la mort, on le console ou on se laisse consoler par lui, mais on ne lui parle pas, pas *vraiment.*

Je pensais à David que je ne connaissais pas, que je ne connaîtrais plus. N'étant pas le premier combattant juif à être pendu, nous savions exactement, dans tous les détails, comment et quand il mourrait. Aux environs de cinq heures, la porte de sa cellule s'ouvrirait et le directeur de la prison lui dirait : Prépare-toi, David ben Moshe. L'heure est venue. On dit toujours cela : l'heure est venue. Comme si cette heure était la seule qui comptât. David jette un regard circulaire sur la cellule. Viens, mon fils, lui dit le rabbin. Ils sortent. La porte de la cellule reste ouverte ; on oublie – toujours – de la refermer. Le petit groupe s'engage dans le long couloir gris, lugubre menant à la chambre d'exécution. Personnage important, David marche au milieu, conscient du fait que les autres ne sont là qu'à cause de lui. Il marche la tête haute – tous nos camarades allaient à la mort la tête haute –, un sourire étrange dans le regard. Des deux côtés du couloir, une centaine d'yeux, d'oreilles, guettent son passage. Le premier des prisonniers qui perçoit le bruit de ses pas entonne l'*hatikva*, le chant de l'espoir. Au fur et à mesure que le groupe avance, le chant devient plus fort, plus humain, plus puissant ; et alors une lutte s'engage entre le chant et les pas : c'est à celui qui couvrira l'autre.

Quand John Dawson me parlait de son fils, j'entendais les pas de David, les pas qu'il allait faire, le chant qui allait naître.

J'écoutais donc les pas du condamné à mort que les paroles de John Dawson essayaient de couvrir et je me disais : il parle pour que je ne voie pas David au milieu du groupe dans le couloir, pour que je ne voie pas le sourire dans son regard, pour que je n'entende pas le chant désespéré de l'*hatikva*, qui est le chant de l'espoir.

J'aurais voulu le haïr. La haine aurait simplifié les choses. Pourquoi donc avez-vous tué John Dawson ?

– Je l'ai tué parce que je le haïssais. Je le haïssais parce que David ben Moshe le haïssait ; et David ben Moshe le haïssait, car il parlait quand lui, David, traversait le couloir gris, lugubre au bout duquel l'attendait la mort.

– Vous me haïssez, Elisha, n'est-ce pas ? demanda John Dawson.

Ses yeux étaient remplis d'une tendresse qui ruisselait sur son visage.

– Je ne vous hais pas, lui répondis-je. J'essaie de vous haïr.

– Pourquoi essayez-vous de me haïr, Elisha ? répliqua-t-il.

Sa voix était douce, chaude, légèrement attristée. Elle se distinguait par son absence de curiosité.

Pourquoi ? pensai-je. Quelle question, John Dawson ! Sans haine, tout ce que nous faisons, mes camarades et moi, n'aurait pas de sens. Sans haine, notre lutte n'aurait pas de chance de nous procurer la victoire. Pourquoi j'essaie de vous haïr, John Dawson ? Parce que mon peuple n'a jamais su haïr. Sa tragédie, au cours des siècles, s'explique par le manque de haine dont il fit preuve à l'égard de ceux qui tentèrent de l'exterminer, de ceux qui, souvent, réussirent à l'humilier. Notre seule chance, à présent, John Dawson, c'est de savoir vous haïr, c'est d'apprendre l'art et la nécessité de la haine. Autrement, autrement, John Dawson, notre avenir ne sera que le prolongement du passé et le Messie attendra toujours sa délivrance.

– Pourquoi essayez-vous de me haïr ? demanda-t-il à nouveau.

– Pour donner à mon acte de bientôt un sens qui le dépasse, lui répondis-je.

Il se remit à hocher la tête de droite et de gauche.

– Je vous plains, dit-il à nouveau.

Je regardai ma montre : cinq heures moins dix. Encore dix minutes. Dans dix minutes, je commettrais l'acte le plus important, le plus total de mon existence.

Je sautai à bas du lit.

– Préparez-vous, John Dawson, lui dis-je.

– C'est l'heure ? questionna-t-il.

– Presque, répondis-je.

Il se leva et alla appuyer sa tête sur le mur afin de se recueillir ou de dire ses prières, je ne sais.

Encore huit minutes. Cinq heures moins huit.

Je sortis le revolver de ma poche. Je pensai : que ferais-je, s'il réussissait à me l'arracher ? Il n'aurait pas la possibilité de s'enfuir. La maison était bien gardée. La cave n'avait d'autre issue que celle traversant la cuisine. Gad, Gidon, Joav et Ilana se trouvaient en haut. Et John Dawson le savait.

Encore six minutes.

Je me sentais lucide tout à coup. Une clarté étonnante se fit dans la cellule. Brusquement, les rôles se définirent, les frontières furent tracées. Le temps des pensées, des doutes, des questions, des tâtonnements était passé. Je devenais la main qui tenait le revolver. Je devenais le revolver que tenait ma main.

Cinq heures moins cinq. Encore cinq minutes.

– Ne crains rien, mon fils, dit le rabbin à David. Dieu est avec toi.

– Ne craignez rien. Je suis médecin, dit l'officier au visage doux à Stéphane.

– La lettre, dit John Dawson en se retournant. Vous l'enverrez à mon fils.

Il était maintenant adossé au mur, il était un mur maintenant. Cinq heures moins trois. Encore trois minutes.

– Dieu est avec toi », dit le rabbin à David. Il pleure, le rabbin, mais David ne le voit pas, ne le voit plus.

– Vous l'enverrez, n'est-ce pas ? insista John Dawson.

– Je l'enverrai », promis-je, et je ne sais pourquoi j'ajoutai : « Je l'enverrai aujourd'hui même.

– Merci, me dit John Dawson.

David entre dans la chambre dont il ne sortira plus vivant. Le bourreau l'attend. Il a des yeux partout. David monte sur l'échafaud. Le bourreau lui demande, très bas, s'il désire qu'on lui bande les yeux. David répond d'une voix claire : Non. Un combattant juif meurt les yeux ouverts. Il veut accueillir la mort en face.

Cinq heures moins deux.

Je sortis un mouchoir de ma poche. John Dawson m'ordonna de le remettre à sa place. Il n'a pas peur de la mort, dit-il. Un officier britannique sait mourir les yeux ouverts, regarder la mort en face.

Encore une minute : cinq heures moins soixante secondes.

La porte de la cellule s'ouvrit sans bruit et les morts, en arrivant, nous remplirent de leur silence. Maintenant, il faisait, dans la cellule étroite, une chaleur presque insupportable.

Le mendiant me toucha l'épaule et me dit :

– Le jour se lève.

Le petit garçon qui ressemblait à celui que j'étais, le visage inquiet, me dit :

– C'est la première fois... » Puis il se souvint que sa phrase était incomplète et ajouta : « C'est la première fois que j'assiste à une exécution.

Père était là. Maman était là. Et le vieux maître à la barbe jaunie, lui aussi, était là. Et Yerachmiel. Tous, ils me regardaient. Leur silence me contemplait.

David se raidit. Il se mit à chanter l'*hatikva*.

John Dawson se mit à sourire. Appuyé la tête contre le mur, le corps raide comme s'il saluait un général, John Dawson sourit.

– Pourquoi souriez-vous ? lui demandai-je.

– Il ne faut jamais demander à un homme qui vous regarde pourquoi il sourit, me dit le mendiant.

– Je souris, répondit John Dawson, je souris, car je me rends compte, soudainement, que je ne sais même pas pourquoi je meurs. » Il se tut un instant et ajouta : « Est-ce que vous le savez, vous ?

– Vois-tu, remarqua le mendiant. Je te l'avais dit. Il ne faut jamais poser une question pareille à un homme, à l'heure de sa mort.

Vingt secondes. Cette minute avait plus de soixante secondes.

– Ne souriez pas », dis-je à John Dawson. J'aurais voulu lui dire : ne souriez pas, car je ne peux tirer sur un homme qui sourit.

Dix secondes.

– J'ai envie de vous raconter une histoire, dit-il. Une histoire drôle.

Je levai mon bras droit.

Cinq secondes.

– Elisha...

Deux secondes. Il souriait toujours.

– Dommage, dit le petit garçon. J'aurais aimé entendre son histoire. J'aime les histoires.

Encore une seconde.

– Elisha..., dit l'otage.

Je tirai. Quand il prononça mon nom, il était déjà mort. La balle lui avait percé le cœur. C'était un mort qui, les lèvres encore chaudes, avait prononcé mon nom : Elisha...

Il tomba doucement, très doucement. On aurait dit qu'il glissait du haut du mur. Puis il resta dans la position assise, par terre, au pied du mur, la tête dans ses genoux, comme s'il attendait, ainsi, l'exécution à venir.

Je restai quelques instants près de lui. Ma tête se mit à me faire mal. Une lourdeur me gagnait. Le coup de feu m'avait rendu sourd et muet. Voilà, pensai-je. C'est fait. J'ai tué. J'ai tué Elisha.

Les morts commencèrent à quitter la cellule, emmenant John Dawson avec eux. Le petit garçon se tenait à ses côtés, semblant le guider. Je crus entendre ma mère qui murmurait : « Pauvre petit, pauvre petit ! »

Puis, d'un pas lent et lourd, je gravis les marches de l'escalier menant à la cuisine.

J'entrai dans la chambre. Elle n'était plus la même. Les morts l'avaient évacuée. Joav ne bâillait plus. Gidon regardait ses ongles et priait pour la paix des âmes. Ilana m'offrit son visage en douleur. Gad alluma une cigarette.

Ils se taisaient, mais leur silence était différent de celui qui avait pesé sur le mien, toute la nuit.

Aux confins de l'horizon, l'aube se levait.

Je m'approchai de la fenêtre. La ville dormait toujours. Quelque part, un enfant se réveilla et se mit à pleurer. J'aurais voulu qu'un chien se mette à aboyer, mais il n'y avait pas de chien dans le voisinage.

La nuit se dissipa, laissant derrière elle une lumière grise, sale, couleur d'eau moisie. Bientôt, il ne resta de la nuit qu'un morceau, un tout petit morceau. Il était suspendu de l'autre côté de la fenêtre.

Je regardai ce morceau de nuit et la peur me saisit à la gorge. Le morceau noir, fait de lambeaux d'ombres, avait un visage. Je le regardai et je compris ma peur. Ce visage, c'était le mien.

DU MÊME AUTEUR

AUX MÊMES ÉDITIONS

Le Jour
Roman
1961

La Ville de la chance
roman
prix Rivarol, 1964
1962

Les Portes de la forêt
Roman
1964
et « Points Roman », n° R216

Les Juifs du silence
Témoignage
1966

Le Chant des morts
Nouvelles
1966

Le Mendiant de Jérusalem
Roman
prix Médicis
1968
et « Points Roman », n° R128

Zalmen ou la Folie de Dieu
Théâtre
1968

Entre deux soleils
essais et récits
1970

Célébration hassidique
portraits et légendes
1972
et « Points Sagesses », n° 3

Le Serment de Kolvillag
Roman
1973

Célébration biblique
portraits et légendes
1975

Un Juif aujourd'hui
récits, essais, dialogues
1977

Le Procès de Shamgorod
Théâtre
1979

Le Testament d'un poète juif assassiné
Roman
prix Livre Inter1980
Prix des bibliothécaires, 1981
1980
et « Points », n° P135

Contre la mélancolie
Célébration hassidique II
1981

Paroles d'étranger
textes, contes, dialogues
1982
et « Points Essais », n° 159

Silences et Mémoires d'hommes
essais, histoires, dialogues
1989

L'Oublié
Roman
1989
et « Points », n° P912

Célébration talmudique
portraits et légendes
1991

Célébrations
édition reliée
1994

Tous les fleuves vont à la mer
Mémoires I
1994
et « Points », n° P284

... Et la mer n'est pas remplie
Mémoires II
1996

Célébration prophétique
Portraits et légendes
1998

Les Juges
1999
et « Points », n° P761

D'où viens-tu ?
2001

CHEZ D'AUTRES ÉDITEURS

La Nuit
témoignage
Éditions de Minuit, 1958

Ani Maanin
Un chant perdu et retrouvé
cantate, édition bilingue
Random House, 1973

Le Cinquième Fils
Roman, grand prix du roman de la Ville de Paris
Éditions Grasset, 1983

Signes d'exode
Essais, histoires, dialogues
Éditions Grasset, 1985

Job ou Dieu dans la tempête
En collaborration avec Josy Eisenberg
Éditions Fayard-Verdier, 1986

Discours d'Oslo
Éditions Grasset, 1987

Le Crépuscule au loin
Roman
Éditions Grasset, 1987

Le Mal et l'Exil
Avec Philippe-Michaël de Saint-Chéron
Éditions Nouvelle cité, 1988

Mémoire à deux voix
avec François Mitterrand
Éditions Odile Jacob, 1995

Se taire est impossible
avec Jorge Semprun
Éditions Arte, 1995
Mille et Une Nuits, 1995

La Haggadah de Pâques
illustré par Mark Podwal
Le Livre de poche, n° 14129, 1997

Le Golem
illustré par Mark Podwal
Le Rocher-Bibliophane, 1998

Le Mal et l'Exil : 10 ans après
Nouvelle cité, 1999

Le Roi Salomon et sa bague magique
Le Rocher-Bibliophane, 2000

Le Rêve hassidique et l'espérance
Bibliothèque Nationale de France, 2002

COMPOSITION : IGS CHARENTE-PHOTOGRAVURE À L'ISLE-D'ESPAGNAC
IMPRESSION : BRODARD ET TAUPIN À LA FLÈCHE (09-02)
DÉPÔT LÉGAL : NOVEMBRE 1995. N° 25727-3 (14752)

Collection Points

DERNIERS TITRES PARUS

P361. L'Arbre aux trésors, *par Henri Gougaud*
P362. Le Vertige, *par Evguénia S. Guinzbourg*
P363. Le Ciel de la Kolyma (Le Vertige, II)
par Evguénia S. Guinzbourg
P364. Les hommes cruels ne courent pas les rues
par Katherine Pancol
P365. Le Pain nu, *par Mohamed Choukri*
P366. Les Lapins du commandant, *par Nedim Gürsel*
P367. Provence toujours, *par Peter Mayle*
P368. La Promeneuse d'oiseaux, *par Didier Decoin*
P369. Un hiver en Bretagne, *par Michel Le Bris*
P370. L'Héritage Windsmith, *par Thierry Gandillot*
P371. Dolly, *par Anita Brookner*
P372. Autobiographie d'un cheval, *par John Hawkes*
P373. Châteaux de la colère, *par Alessandro Baricco*
P374. L'Amant du volcan, *par Susan Sontag*
P375. Chroniques de la haine ordinaire, *par Pierre Desproges*
P376. La Prière de l'absent, *par Tahar Ben Jelloun*
P377. La Plus Haute des solitudes, *par Tahar Ben Jelloun*
P378. Scarlett, si possible, *par Katherine Pancol*
P379. Journal, *par Jean-René Huguenin*
P380. Le Polygone étoilé, *par Kateb Yacine*
P381. La Chasse au lézard, *par William Boyd*
P382. Texas (tome 1), *par James A. Michener*
P383. Texas (tome 2), *par James A. Michener*
P384. Vivons heureux en attendant la mort,
par Pierre Desproges
P385. Le Fils de l'ogre, *par Henri Gougaud*
P386. La neige tombait sur les cèdres, *par David Guterson*
P387. Les Seigneurs du thé, *par Hella S. Haasse*
P388. La Fille aux yeux de Botticelli, *par Herbert Lieberman*
P389. Tous les hommes morts, *par Lawrence Block*
P390. La Blonde en béton, *par Michael Connelly*
P391. Palomar, *par Italo Calvino*
P392. Sous le soleil jaguar, *par Italo Calvino*
P393. Félidés, *par Akif Pirinçci*
P394. Trois Heures du matin à New York,
par Herbert Lieberman
P395. La Maison près du marais, *par Herbert Lieberman*

P396. Le Médecin de Cordoue, *par Herbert Le Porrier*
P397. La Porte de Brandebourg, *par Anita Brookner*
P398. Hôtel du Lac, *par Anita Brookner*
P399. Replay, *par Ken Grimwood*
P400. Chesapeake, *par James A. Michener*
P401. Manuel de savoir-vivre à l'usage des rustres et des malpolis, *par Pierre Desproges*
P402. Le Rêve de Lucy *par Pierre Pelot et Yves Coppens (dessins de Liberatore)*
P403. Dictionnaire superflu à l'usage de l'élite et des bien nantis *par Pierre Desproges*
P404. La Mamelouka, *par Robert Solé*
P405. Province, *par Jacques-Pierre Amette*
P406. L'Arbre de vies, *par Bernard Chambaz*
P407. La Vie privée du désert, *par Michel Chaillou*
P408. Trop sensibles, *par Marie Desplechin*
P409. Kennedy et moi, *par Jean-Paul Dubois*
P410. Le Cinquième Livre, *par François Rabelais*
P411. La Petite Amie imaginaire, *par John Irving*
P412. La Vie des insectes, *par Viktor Pelevine*
P413. La Décennie Mitterrand, 3. Les Défis *par Pierre Favier et Michel Martin-Roland*
P414. La Grimace, *par Heinrich Böll*
P415. La Famille de Pascal Duarte, *par Camilo José Cela*
P416. Cosmicomics, *par Italo Calvino*
P417. Le Chat et la Souris, *par Günter Grass*
P418. Le Turbot, *par Günter Grass*
P419. Les Années de chien, *par Günter Grass*
P420. L'Atelier du peintre, *par Patrick Grainville*
P421. L'Orgie, la Neige, *par Patrick Grainville*
P422. Topkapi, *par Eric Ambler*
P423. Le Nouveau Désordre amoureux *par Pascal Bruckner et Alain Finkielkraut*
P424. Un homme remarquable, *par Robertson Davies*
P425. Le Maître de chasse, *par Mohammed Dib*
P426. El Guanaco, *par Francisco Coloane*
P427. La Grande Bonace des Antilles, *par Italo Calvino*
P428. L'Écrivain public, *par Tahar Ben Jelloun*
P429. Indépendance, *par Richard Ford*
P430. Les Trafiquants d'armes, *par Eric Ambler*
P431. La Sentinelle du rêve, *par René de Ceccatty*
P432. Tuons et créons, c'est l'heure, *par Lawrence Block*
P433. Textes de scène, *par Pierre Desproges*
P434. François Mitterrand, *par Franz-Olivier Giesbert*
P435. L'Héritage Schirmer, *par Eric Ambler*

P436. Ewald Tragy et autres récits de jeunesse
par Rainer Maria Rilke
P437. Histoires pragoises, *par Rainer Maria Rilke*
P438. L'Admiroir, *par Anny Duperey*
P439. Une trop bruyante solitude, *par Bohumil Hrabal*
P440. Temps zéro, *par Italo Calvino*
P441. Le Masque de Dimitrios, *par Eric Ambler*
P442. La Croisière de l'angoisse, *par Eric Ambler*
P443. Milena, *par Margarete Buber-Neumann*
P444. La Compagnie des loups et autres nouvelles
par Angela Carter
P445. Tu vois, je n'ai pas oublié
par Hervé Hamon et Patrick Rotman
P446. Week-end de chasse à la mère
par Geneviève Brisac
P447. Un cercle de famille, *par Michèle Gazier*
P448. Étonne-moi, *par Guillaume Le Touze*
P449. Le Dimanche des réparations, *par Sophie Chérer*
P450. La Suisse, l'Or et les Morts, *par Jean Ziegler*
P451. L'Humanité perdue, *par Alain Finkielkraut*
P452. Abraham de Brooklyn, *par Didier Decoin*
P454. Les Immémoriaux, *par Victor Segalen*
P455. Moi d'abord, *par Katherine Pancol*
P456. Traité du zen et de l'entretien des motocyclettes
par Robert H. Pirsig
P457. Un air de famille, *par Michael Ondaatje*
P458. Les Moyens d'en sortir, *par Michel Rocard*
P459. Le Mystère de la crypte ensorcelée,
par Eduardo Mendoza
P460. Le Labyrinthe aux olives, *par Eduardo Mendoza*
P461. La Vérité sur l'affaire Savolta, *par Eduardo Mendoza*
P462. Les Pieds-bleus, *par Claude Ponti*
P463. Un paysage de cendres, *par Élisabeth Gille*
P464. Un été africain, *par Mohammed Dib*
P465. Un rocher sur l'Hudson, *par Henry Roth*
P466. La Misère du monde, *sous la direction de Pierre Bourdieu*
P467. Les Bourreaux volontaires de Hitler
par Daniel Jonah Goldhagen
P468. Casting pour l'enfer, *par Robert Crais*
P469. La Saint-Valentin de l'homme des cavernes
par George Dawes Green
P470. Loyola's blues, *par Erik Orsenna*
P471. Une comédie française, *par Erik Orsenna*
P472. Les Adieux, *par Dan Franck*
P473. La Séparation, *par Dan Franck*

P474. Ti Jean L'horizon, *par Simone Schwarz-Bart*
P475. Aventures, *par Italo Calvino*
P476. Le Château des destins croisés, *par Italo Calvino*
P477. Capitalisme contre capitalisme, *par Michel Albert*
P478. La Cause des élèves, *par Marguerite Gentzbittel*
P479. Des femmes qui tombent, *par Pierre Desproges*
P480. Le Destin de Nathalie X, *par William Boyd*
P481. Le Dernier Mousse, *par Francisco Coloane*
P482. Jack Frusciante a largué le groupe, *par Enrico Brizzi*
P483. La Dernière Manche, *par Emmett Grogan*
P484. Les Lauriers du lac de Constance, *par Marie Chaix*
P485. Les Fous de Bassan, *par Anne Hébert*
P486. Collection de sable, *par Italo Calvino*
P487. Les étrangers sont nuls, *par Pierre Desproges*
P488. Trainspotting, *par Irvine Welsh*
P489. Suttree, *par Cormac McCarthy*
P490. De si jolis chevaux, *par Cormac McCarthy*
P491. Traité des passions de l'âme, *par António Lobo Antunes*
P492. N'envoyez plus de roses, *par Eric Ambler*
P493. Le corps a ses raisons, *par Thérèse Bertherat*
P494. Le Neveu d'Amérique, *par Luis Sepúlveda*
P495. Mai 68, histoire des événements
par Laurent Joffrin
P496. Que reste-t-il de Mai 68 ?,
essai sur les interprétations des « événements »
par Henri Weber
P497. Génération
1. Les années de rêve
par Hervé Hamon et Patrick Rotman
P498. Génération
2. Les années de poudre
par Hervé Hamon et Patrick Rotman
P499. Eugène Oniéguine, *par Alexandre Pouchkine*
P500. Montaigne à cheval, *par Jean Lacouture*
P501. Le Mendiant de Jérusalem, *par Elie Wiesel*
P502. … Et la mer n'est pas remplie, *par Elie Wiesel*
P503. Le Sourire du chat, *par François Maspero*
P504. Merlin, *par Michel Rio*
P505. Le Semeur d'étincelles, *par Joseph Bialot*
P506. Hôtel Pastis, *par Peter Mayle*
P507. Les Éblouissements, *par Pierre Mertens*
P508. Aurélien, Clara, mademoiselle et le lieutenant anglais
par Anne Hébert
P509. Dans la plus stricte intimité, *par Myriam Anissimov*
P510. Éthique à l'usage de mon fils, *par Fernando Savater*

P511. Aventures dans le commerce des peaux en Alaska
par John Hawkes
P512. L'Incendie de Los Angeles, *par Nathanaël West*
P513. Montana Avenue, *par April Smith*
P514. Mort à la Fenice, *par Donna Leon*
P515. Jeunes Années, t. 1, *par Julien Green*
P516. Jeunes Années, t. 2, *par Julien Green*
P517. Deux Femmes, *par Frédéric Vitoux*
P518. La Peau du tambour, *par Arturo Perez-Reverte*
P519. L'Agonie de Proserpine, *par Javier Tomeo*
P520. Un jour je reviendrai, *par Juan Marsé*
P521. L'Étrangleur, *par Manuel Vázquez Montalbán*
P522. Gais-z-et-contents, *par Françoise Giroud*
P523. Teresa l'après-midi, *par Juan Marsé*
P524. L'Expédition, *par Henri Gougaud*
P525. Le Grand Partir, *par Henri Gougaud*
P526. Le Tueur des abattoirs et autres nouvelles
par Manuel Vázquez Montalbán
P527. Le Pianiste, *par Manuel Vázquez Montalbán*
P528. Mes démons, *par Edgar Morin*
P529. Sarah et le Lieutenant français, *par John Fowles*
P530. Le Détroit de Formose, *par Anthony Hyde*
P531. Frontière des ténèbres, *par Eric Ambler*
P532. La Mort des bois, *par Brigitte Aubert*
P533. Le Blues du libraire, *par Lawrence Block*
P534. Le Poète, *par Michael Connelly*
P535. La Huitième Case, *par Herbert Lieberman*
P536. Bloody Waters, *par Carolina Garcia-Aguilera*
P537. Monsieur Tanaka aime les nymphéas
par David Ramus
P538. Place de Sienne, côté ombre
par Carlo Fruttero et Franco Lucentini
P539. Énergie du désespoir, *par Eric Ambler*
P540. Épitaphe pour un espion, *par Eric Ambler*
P541. La Nuit de l'erreur, *par Tahar Ben Jelloun*
P542. Compagnons de voyage, *par Hubert Reeves*
P543. Les amandiers sont morts de leurs blessures
par Tahar Ben Jelloun
P544. La Remontée des cendres, *par Tahar Ben Jelloun*
P545. La Terre et le Sang, *par Mouloud Feraoun*
P546. L'Aurore des bien-aimés, *par Louis Gardel*
P547. L'Éducation féline, *par Bertrand Visage*
P548. Les Insulaires, *par Christian Giudicelli*
P549. Dans un miroir obscur, *par Jostein Gaarder*
P550. Le Jeu du roman, *par Louise L. Lambrichs*

P551. Vice-versa, *par Will Self*
P552. Je voudrais vous dire, *par Nicole Notat*
P553. François, *par Christina Forsne*
P554. Mercure rouge, *par Reggie Nadelson*
P555. Même les scélérats..., *par Lawrence Block*
P556. Monnè, Outrages et Défis, *par Ahmadou Kourouma*
P557. Les Grosses Rêveuses, *par Paul Fournel*
P558. Les Athlètes dans leur tête, *par Paul Fournel*
P559. Allez les filles !, *par Christian Baudelot et Roger Establet*
P560. Quand vient le souvenir, *par Saul Friedländer*
P561. La Compagnie des spectres, *par Lydie Salvayre*
P562. La Poussière du monde, *par Jacques Lacarrière*
P563. Le Tailleur de Panama, *par John Le Carré*
P564. Che, *par Pierre Kalfon*
P565. Du fer dans les épinards, et autres idées reçues
par Jean-François Bouvet
P566. Étonner les Dieux, *par Ben Okri*
P567. L'Obscurité du dehors, *par Cormac McCarthy*
P568. Push, *par Sapphire*
P569. La Vie et demie, *par Sony Labou Tansi*
P570. La Route de San Giovanni, *par Italo Calvino*
P571. Requiem caraïbe, *par Brigitte Aubert*
P572. Mort en terre étrangère, *par Donna Leon*
P573. Complot à Genève, *par Eric Ambler*
P574. L'Année de la mort de Ricardo Reis, *par José Saramago*
P575. Le Cercle des représailles, *par Kateb Yacine*
P576. La Farce des damnés, *par António Lobo Antunes*
P577. Le Testament, *par Rainer Maria Rilke*
P578. Archipel, *par Michel Rio*
P579. Faux Pas, *par Michel Rio*
P580. La Guitare, *par Michel del Castillo*
P581. Phénomène futur, *par Olivier Rolin*
P582. Tête de cheval, *par Marc Trillard*
P583. Je pense à autre chose, *par Jean-Paul Dubois*
P584. Le Livre des amours, *par Henri Gougaud*
P585. L'Histoire des rêves danois, *par Peter Høeg*
P586. La Musique du diable, *par Walter Mosley*
P587. Amour, Poésie, Sagesse, *par Edgar Morin*
P588. L'Enfant de l'absente, *par Thierry Jonquet*
P589. Madrapour, *par Robert Merle*
P590. La Gloire de Dina, *par Michel del Castillo*
P591. Une femme en soi, *par Michel del Castillo*
P592. Mémoires d'un nomade, *par Paul Bowles*
P593. L'Affreux Pastis de la rue des Merles
par Carlo Emilio Gadda

P594. En sortant de l'école, *par Michèle Gazier*
P595. Lorsque l'enfant paraît, t. 1, *par Françoise Dolto*
P596. Lorsque l'enfant paraît, t. 2, *par Françoise Dolto*
P597. Lorsque l'enfant paraît, t. 3, *par Françoise Dolto*
P598. La Déclaration, *par Lydie Salvayre*
P599. La Havane pour un infant défunt
par Guillermo Cabrera Infante
P600. Enfances, *par Françoise Dolto*
P601. Le Golfe des peines, *par Francisco Coloane*
P602. Le Perchoir du perroquet, *par Michel Rio*
P603. Mélancolie Nord, *par Michel Rio*
P604. Paradiso, *par José Lezama Lima*
P605. Le Jeu des décapitations, *par José Lezama Lima*
P606. Bloody Shame, *par Carolina Garcia-Aguilera*
P607. Besoin de mer, *par Hervé Hamon*
P608. Une vie de chien, *par Peter Mayle*
P609. La Tête perdue de Damasceno Monteiro,
par Antonio Tabbuchi
P610. Le Dernier des Savage, *par Jay McInerney*
P611. Un enfant de Dieu, *par Cormac McCarthy*
P612. Explication des oiseaux, *par António Lobo Antunes*
P613. Le Siècle des intellectuels, *par Michel Winock*
P614. Le Colleur d'affiches, *par Michel del Castillo*
P615. L'Enfant chargé de songes, *par Anne Hébert*
P616. Une saison chez Lacan, *par Pierre Rey*
P617. Les Quatre Fils du Dr March, *par Brigitte Aubert*
P618. Un Vénitien anonyme, *par Donna Leon*
P619. Histoire du siège de Lisbonne, *par José Saramago*
P620. Le Tyran éternel, *par Patrick Grainville*
P621. Merle, *par Anne-Marie Garat*
P622. Rendez-vous d'amour dans un pays en guerre
par Luis Sepúlveda
P623. Marie d'Égypte, *par Jacques Lacarrière*
P624. Les Mystères du Sacré-Cœur, *par Catherine Guigon*
P625. Armadillo, *par William Boyd*
P626. Pavots brûlants, *par Reggie Nadelson*
P627. Dogfish, *par Susan Geason*
P628. Tous les soleils, *par Bertrand Visage*
P629. Petit Louis, dit XIV. L'enfance du Roi-Soleil
par Claude Duneton
P630. Poisson-chat, *par Jerome Charyn*
P631. Les Seigneurs du crime, *par Jean Ziegler*
P632. Louise, *par Didier Decoin*
P633. Rouge c'est la vie, *par Thierry Jonquet*
P634. Le Mystère de la patience, *par Jostein Gaarder*

P635. Un rire inexplicable, *par Alice Thomas Ellis*
P636. La Clinique, *par Jonathan Kellerman*
P637. Speed Queen, *par Stewart O'Nan*
P638. Égypte, passion française, *par Robert Solé*
P639. Un regrettable accident, *par Jean-Paul Nozière*
P640. Nursery Rhyme, *par Joseph Bialot*
P641. Pologne, *par James A. Michener*
P642. Patty Diphusa, *par Pedro Almodóvar*
P643. Une place pour le père, *par Aldo Naouri*
P644. La Chambre de Barbe-bleue, *par Thierry Gandillot*
P645. L'Épervier de Belsunce, *par Robert Deleuse*
P646. Le Cadavre dans la Rolls, *par Michael Connelly*
P647. Transfixions, *par Brigitte Aubert*
P648. La Spinoza connection, *par Lawrence Block*
P649. Le Cauchemar, *par Alexandra Marinina*
P650. Les Crimes de la rue Jacob, *ouvrage collectif*
P651. Bloody Secrets, *par Carolina Garcia-Aguilera*
P652. La Femme du dimanche
par Carlo Fruttero et Franco Lucentini
P653. Le Jour de l'enfant tueur, *par Pierre Pelot*
P654. Le Chamane du Bout-du-monde, *par Jean Courtin*
P655. Naissance à l'aube, *par Driss Chraïbi*
P656. Une enquête au pays, *par Driss Chraïbi*
P657. L'Île enchantée, *par Eduardo Mendoza*
P658. Une comédie légère, *par Eduardo Mendoza*
P659. Le Jardin de ciment, *par Ian McEwan*
P660. Nu couché, *par Dan Franck*
P661. Premier Regard, *par Oliver Sacks*
P662. Une autre histoire de la littérature française, tome 1
par Jean d'Ormesson
P663. Une autre histoire de la littérature française, tome 2
par Jean d'Ormesson
P664. Les Deux Léopards, *par Jacques-Pierre Amette*
P665. Evaristo Carriego, *par Jorge Luis Borges*
P666. Les Jungles pensives, *par Michel Rio*
P667. Pleine Lune, *par Antonio Muñoz Molina*
P668. La Tyrannie du plaisir, *par Jean-Claude Guillebaud*
P669. Le Concierge, *par Herbert Lieberman*
P670. Bogart et Moi, *par Jean-Paul Nozière*
P671. Une affaire pas très catholique, *par Roger Martin*
P672. Elle et Lui, *par George Sand*
P673. Histoires d'une femme sans histoire, *par Michèle Gazier*
P674. Le Cimetière des fous, *par Dan Franck*
P675. Les Calendes grecques, *par Dan Franck*
P676. Mon idée du plaisir, *par Will Self*

P677. Mémorial de Sainte-Hélène, tome 1
par Emmanuel de Las Cases
P678. Mémorial de Sainte-Hélène, tome 2
par Emmanuel de Las Cases
P679. La Seiche, *par Maryline Desbiolles*
P680. Le Voyage de Théo, *par Catherine Clément*
P681. Sans moi, *par Marie Desplechin*
P682. En cherchant Sam, *par Patrick Raynal*
P683. Balkans-Transit, *par François Maspero*
P684. La Plus Belle Histoire de Dieu
par Jean Bottéro, Marc-Alain Ouaknin et Joseph Moingt
P685. Le Gardien du verger, *par Cormac McCarthy*
P686. Le Prix de la chair, *par Donna Leon*
P687. Tir au but, *par Jean-Noël Blanc*
P688. Demander la lune, *par Dominique Muller*
P689. L'Heure des adieux, *par Jean-Noël Pancrazi*
P690. Soyez heureux, *par Jean-Marie Lustiger*
P691. L'Ordre naturel des choses, *par António Lobo Antunes*
P692. Le Roman du conquérant, *par Nedim Gürsel*
P693. Black Betty, *par Walter Mosley*
P694. La Solitude du coureur de fond, *par Allan Sillitoe*
P695. Cités à la dérive, *par Stratis Tsirkas*
P696. Méroé, *par Olivier Rolin*
P697. Bar des flots noirs, *par Olivier Rolin*
P698. Hôtel Atmosphère, *par Bertrand Visage*
P699. Angelica, *par Bertrand Visage*
P700. La petite fille qui aimait trop les allumettes
par Gaétan Soucy
P701. Je suis le gardien du phare, *par Eric Faye*
P702. La Fin de l'exil, *par Henry Roth*
P703. Small World, *par Martin Suter*
P704. Cinq photos de ma femme, *par Agnès Desarthe*
P705. L'Année du tigre, *par Philippe Sollers*
P706. Les Allumettes de la sacristie, *par Willy Deweert*
P707. Ô mort, vieux capitaine…, *par Joseph Bialot*
P708. Images de chair, *par Noël Simsolo*
P709. L'Œuvre de Dieu, la Part du Diable
scénario par John Irving
P710. La Ratte, *par Günter Grass*
P711. Une rencontre en Westphalie, *par Günter Grass*
P712. Le Roi, le Sage et le Bouffon
par Shafique Keshavjee
P713. Esther et le Diplomate, *par Frédéric Vitoux*
P714. Une sale rumeur, *par Anne Fine*
P715. Souffrance en France, *par Christophe Dejours*

P716. Jeunesse dans une ville normande,
par Jacques-Pierre Amette
P717. Un chien de sa chienne, *par Roger Martin*
P718. L'Ombre de la louve, *par Pierre Pelot*
P719. Michael K, sa vie, son temps, *par J. M. Coetzee*
P720. En attendant les barbares, *par J. M. Coetzee*
P721. Voir les jardins de Babylone, *par Geneviève Brisac*
P722. L'Aveuglement, *par José Saramago*
P723. L'Évangile selon Jésus-Christ, *par José Saramago*
P724. Si ce livre pouvait me rapprocher de toi
par Jean-Paul Dubois
P725. Le Capitaine Alatriste, *par Arturo Pérez-Reverte*
P726. La Conférence de Cintegabelle, *par Lydie Salvayre*
P727. La Morsure des ténèbres, *par Brigitte Aubert*
P728. La Splendeur du Portugal, *par António Lobo Antunes*
P729. Tlacuilo, *par Michel Rio*
P730. Poisson d'amour, *par Didier van Cauwelaert*
P731. La Forêt muette, *par Pierre Pelot*
P732. Départements et Territoires d'outre-mort,
par Henri Gougaud
P733. Le Couturier de la Mort, *par Brigitte Aubert*
P734. Entre deux eaux, *par Donna Leon*
P735. Sheol, *par Marcello Fois*
P736. L'Abeille d'Ouessant, *par Hervé Hamon*
P737. Besoin de mirages, *par Gilles Lapouge*
P738. La Porte d'or, *par Michel Le Bris*
P739. Le Sillage de la baleine, *par Francisco Coloane*
P740. Les Bûchers de Bocanegra, *par Arturo Pérez-Reverte*
P741. La Femme aux melons, *par Peter Mayle*
P742. La Mort pour la mort, *par Alexandra Marinina*
P743. La Spéculation immobilière, *par Italo Calvino*
P744. Mitterrand, une histoire de Français.
1. Les Risques de l'escalade, *par Jean Lacouture*
P745. Mitterrand, une histoire de Français.
2. Les Vertiges du sommet, *par Jean Lacouture*
P746. L'Auberge des pauvres, *par Tahar Ben Jelloun*
P747. Coup de lame, *par Marc Trillard*
P748. La Servante du seigneur,
par Denis Bretin et Laurent Bonzon
P749. La Mort, *par Michel Rio*
P750. La Statue de la liberté, *par Michel Rio*
P751. Le Grand Passage, *par Cormac McCarthy*
P752. Glamour Attitude, *par Jay McInerney*
P753. Le Soleil de Breda, *par Arturo Pérez-Reverte*
P754. Le Prix, *par Manuel Vázquez Montalbán*

P755. La Sourde, *par Jonathan Kellerman*
P756. Le Sténopé, *par Joseph Bialot*
P757. Carnivore Express, *par Stéphanie Benson*
P758. Monsieur Pinocchio, *par Jean-Marc Roberts*
P759. Les Enfants du Siècle, *par François-Olivier Rousseau*
P760. Paramour, *par Henri Gougaud*
P761. Les Juges, *par Élie Wiesel*
P762. En attendant le vote des bêtes sauvages *par Ahmadou Kourouma*
P763. Une veuve de papier, *par John Irving*
P764. Des putes pour Gloria, *par William T. Vollman*
P765. Ecstasy, *par Irvine Welsh*
P766. Beau Regard, *par Patrick Roegiers*
P767. La Déesse aveugle, *par Anne Holt*
P768. Au cœur de la mort, *par Lawrence Block*
P769. Fatal Tango, *par Jean-Paul Nozière*
P770. Meurtres au seuil de l'an 2000 *par Éric Bouhier, Yves Dauteuille, Maurice Detry, Dominique Gacem, Patrice Verry*
P771. Le Tour de France n'aura pas lieu, *par Jean-Noël Blanc*
P772. Sharkbait, *par Susan Geason*
P773. Vente à la criée du lot 49, *par Thomas Pynchon*
P774. Grand Seigneur, *par Louis Gardel*
P775. La Dérive des continents, *par Morgan Sportès*
P776. Single & Single, *par John le Carré*
P777. Ou César ou rien, *par Manuel Vázquez Montalbán*
P778. Les Grands Singes, *par Will Self*
P779. La Plus Belle Histoire de l'homme, *par André Langaney, Jean Clottes, Jean Guilaine et Dominique Simonnet*
P780. Le Rose et le Noir, *par Frédéric Martel*
P781. Le Dernier Coyote, *par Michael Connelly*
P782. Prédateurs, *par Noël Simsolo*
P783. La gratuité ne vaut plus rien, *par Denis Guedj*
P784. Le Général Solitude, *par Éric Faye*
P785. Le Théorème du perroquet, *par Denis Guedj*
P786. Le Merle bleu, *par Michèle Gazier*
P787. Anchise, *par Maryline Desbiolles*
P788. Dans la nuit aussi le ciel, *par Tiffany Tavernier*
P789. À Suspicious River, *par Laura Kasischke*
P790. Le Royaume des voix, *par Antonio Muñoz Molina*
P791. Le Petit Navire, *par Antonio Tabucchi*
P792. Le Guerrier solitaire, *par Henning Mankell*
P793. Ils y passeront tous, *par Lawrence Block*
P794. Ceux de la Vierge obscure, *par Pierre Mezinski*
P795. La Refondation du monde, *par Jean-Claude Guillebaud*

P796. L'Amour de Pierre Neuhart, *par Emmanuel Bove*
P797. Le Pressentiment, *par Emmanuel Bove*
P798. Le Marida, *par Myriam Anissimov*
P799. Toute une histoire, *par Günter Grass*
P800. Jésus contre Jésus, *par Gérard Mordillat et Jérôme Prieur*
P801. Connaissance de l'enfer, *par António Lobo Antunes*
P802. Quasi objets, *par José Saramago*
P803. La Mante des Grands-Carmes, *par Robert Deleuse*
P804. Neige, *par Maxence Fermine*
P805. L'Acquittement, *par Gaëtan Soucy*
P806. L'Évangile selon Caïn, *par Christian Lehmann*
P807. L'Invention du père, *par Arnaud Cathrine*
P808. Le Premier Jardin, *par Anne Hébert*
P809. L'Isolé Soleil, *par Daniel Maximin*
P810. Le Saule, *par Hubert Selby Jr.*
P811. Le Nom des morts, *par Stewart O'Nan*
P812. V., *par Thomas Pynchon*
P813. Vineland, *par Thomas Pynchon*
P814. Malina, *par Ingeborg Bachmann*
P815. L'Adieu au siècle, *par Michel Del Castillo*
P816. Pour une naissance sans violence, *par Frédérick Leboyer*
P817. André Gide, *par Pierre Lepape*
P818. Comment peut-on être breton ?, *par Morvan Lebesque*
P819. London Blues, *par Anthony Frewin*
P820. Sempre caro, *par Marcello Fois*
P821. Palazzo maudit, *par Stéphanie Benson*
P822. Le Labyrinthe des sentiments, *par Tahar Ben Jelloun*
P823. Iran, les rives du sang, *par Fariba Hachtroudi*
P824. Les Chercheurs d'os, *par Tahar Djaout*
P825. Conduite intérieure, *par Pierre Marcelle*
P826. Tous les noms, *par José Saramago*
P827. Méridien de sang, *par Cormac McCarthy*
P828. La Fin des temps, *par Haruki Murakami*
P830. Pour que la terre reste humaine, *par Nicolas Hulot, Robert Barbault et Dominique Bourg*
P831. Une saison au Congo, *par Aimé Césaire*
P832. Le Manège espagnol, *par Michel Del Castillo*
P833. Le Berceau du chat, *par Kurt Vonnegut*
P834. Billy Straight, *par Jonathan Kellerman*
P835. Créance de sang, *par Michael Connelly*
P836. Le Petit Reporter, *par Pierre Desproges*
P837. Le Jour de la fin du monde…, *par Patrick Grainville*
P838. La Diane rousse, *par Patrick Grainville*
P839. Les Forteresses noires, *par Patrick Grainville*
P840. Une rivière verte et silencieuse, *par Hubert Mingarelli*

P841. Le Caniche noir de la diva, *par Helmut Krausser*
P842. Le Pingouin, *par Andreï Kourkov*
P843. Mon siècle, *par Günter Grass*
P844. Les Deux Sacrements, *par Heinrich Böll*
P845. Les Enfants des morts, *par Heinrich Böll*
P846. Politique des sexes, *par Sylviane Agacinski*
P847. King Sickerman, *par George P. Pelecanos*
P848. La Mort et un peu d'amour, *par Alexandra Marinina*
P849. Pudding mortel, *par Margarety Yorke*
P850. Hemoglobine Blues, *par Philippe Thirault*
P851. Exterminateurs, *par Noël Simsolo*
P852. Une curieuse solitude, *par Philippe Sollers*
P853. Les Chats de hasard, *par Anny Duperey*
P854. Les poissons me regardent, *par Jean-Paul Dubois*
P855. L'Obéissance, *par Suzanne Jacob*
P856. Visions fugitives, *par William Boyd*
P857. Vacances anglaises, *par Joseph Connolly*
P858. Le Diamant noir, *par Peter Mayle*
P859. Péchés mortels, *par Donna Leon*
P860. Le Quintette de Buenos Aires
par Manuel Vázquez Montalbán
P861. Y'en a marre des blondes, *par Lauren Anderson*
P862. Descente d'organes, *par Brigitte Aubert*
P863. Autoportrait d'une psychanalyste, *par Françoise Dolto*
P864. Théorie quantitative de la démence, *par Will Self*
P865. Cabinet d'amateur, *par Georges Perec*
P866. Confessions d'un enfant gâté, *par Jacques-Pierre Amette*
P867. Génis ou le Bambou parapluie, *par Denis Guedj*
P868. Le Seul Amant, *par Éric Deschodt, Jean-Claude Lattès*
P869. Un début d'explication, *par Jean-Marc Roberts*
P870. Petites Infamies, *par Carmen Posadas*
P871. Les Masques du héros, *par Juan Manuel de Prada*
P872. Mal'aria, *par Eraldo Baldini*
P873. Leçons américaines, *par Italo Calvino*
P874. L'Opéra de Vigata, *par Andrea Camilleri*
P875. La Mort des neiges, *par Brigitte Aubert*
P876. La lune était noire, *par Michael Connelly*
P877. La Cinquième Femme, *par Henning Mankell*
P878. Le Parc, *par Philippe Sollers*
P879. Paradis, *par Philippe Sollers*
P880. Psychanalyse six heures et quart
par Gérard Miller, Dominique Miller
P881. La Décennie Mitterrand 4
par Pierre Favier, Michel Martin-Roland
P882. Trois Petites Mortes, *par Jean-Paul Nozière*

P883. Le Numéro 10, *par Joseph Bialot*
P884. La seule certitude que j'ai, c'est d'être dans le doute *par Pierre Desproges*
P885. Les Savants de Bonaparte, *par Robert Solé*
P886. Un oiseau blanc dans le blizzard, *par Laura Kasischke*
P887. La Filière émeraude, *par Michael Collins*
P888. Le Bogart de la cambriole, *par Lawrence Block*
P889. Le Diable en personne, *par Robert Lalonde*
P890. Les Bons Offices, *par Pierre Mertens*
P891. Mémoire d'éléphant, *par Antonio Lobo Antunes*
P892. L'Œil d'Ève, *par Karin Fossum*
P893. La Croyance des voleurs, *par Michel Chaillou*
P894. Les Trois Vies de Babe Ozouf, *par Didier Decoin*
P895. L'Enfant de la mer de Chine, *par Didier Decoin*
P896. Le Soleil et la Roue, *par Rose Vincent*
P897. La Plus Belle Histoire du monde, *par Joël de Rosnay Hubert Reeves, Dominique Simonnet, Yves Coppens*
P898. Meurtres dans l'audiovisuel, *par Yan Bernabot, Guy Buffet Frédéric Karar, Dominique Mitton et Marie-Pierre Nivat-Henocque*
P899. Tout le monde descend, *par Jean-Noël Blanc*
P900. Les Belles Âmes, *par Lydie Salvayre*
P901. Le Mystère des trois frontières, *par Eric Faye*
P902. Petites Natures mortes au travail, *par Yves Pagès*
P903. Namokel, *par Catherine Léprout*
P904. Mon frère, *par Jamaica Kincaid*
P905. Maya, *par Jostein Gaarder*
P906. Le Fantôme d'Anil, *par Michael Ondaatje*
P907. 4 Voyageurs, *par Alain Fleischer*
P908. La Bataille de Paris, *par Jean-Luc Einaudi*
P909. L'Amour du métier, *par Lawrence Block*
P910. Biblio-quête, *par Stéphanie Benson*
P911. Quai des désespoirs, *par Roger Martin*
P912. L'Oublié, *par Élie Wiesel*
P913. La Guerre sans nom *par Patrick Rotman et Bertrand Tavernier*
P914. Cabinet-portrait, *par Jean-Luc Benoziglio*
P915. Le Loum, *par René-Victor Pilhes*
P916. Mazag, *par Robert Solé*
P917. Les Bonnes Intentions, *par Agnès Desarthe*
P918. Des anges mineurs, *par Antoine Volodine*
P919. L'Ingénieux Hidalgo Don Quichotte 1 *par Miguel de Cervantes*
P920. L'Ingénieux Hidalgo Don Quichotte 2 *par Miguel de Cervantes*

P921. La Taupe, *par John le Carré*
P922. Comme un collégien, *par John le Carré*
P923. Les Gens de Smiley, *par John le Carré*
P924. Les Naufragés de la Terre sainte, *par Sheri Holman*
P925. Épître des destinées, *par Gamal Ghitany*
P926. Sang du ciel, *par Marcello Fois*
P927. Meurtres en neige, *par Margaret Yorke*
P928. Heureux les imbéciles, *par Philippe Thirault*
P929. Beatus Ille, *par Antonio Muñoz Molina*
P930. Le Petit Traité des grandes vertus
par André Comte-Sponville
P931. Le Mariage berbère, *par Simonne Jacquemard*
P932. Dehors et pas d'histoires, *par Christophe Nicolas*
P933. L'Homme blanc, *par Tiffany Tavernier*
P934. Exhortation aux crocodiles, *par Antonio Lobo Antunes*
P935. Treize Récits et Treize Épitaphes, *par William T. Vollmann*
P936. La Traversée de la nuit,
par Geneviève de Gaulle Anthonioz
P937. Le Métier à tisser, *par Mohammed Dib*
P938. L'Homme aux sandales de caoutchouc,
par Kateb Yacine
P939. Le Petit Col des loups, *par Maryline Desbiolles*
P940. Allah n'est pas obligé, *par Ahmadou Kourouma*
P941. Veuves au maquillage, *par Pierre Senges*
P942. La Dernière Neige, *par Hubert Mingarelli*
P943. Requiem pour une huître, *par Hubert Michel*
P944. Morgane, *par Michel Rio*
P945. Oncle Petros et la Conjecture de Goldbach
par Apostolos Doxiadis
P946. La Tempête, *par Juan Manuel de Prada*
P947. Scènes de la vie d'un jeune garçon, *par J. M. Coetzee*
P948. L'avenir vient de loin, *par Jean-Noël Jeanneney*
P949. 1280 Âmes, *par Jean-Bernard Pouy*
P950. Les Péchés des pères, *par Lawrence Block*
P951. Les Enfants de fortune, *par Jean-Marc Roberts*
P952. L'Incendie, *par Mohammed Dib*
P953. Aventures, *par Italo Calvino*
P954. Œuvres pré-posthumes, *par Robert Musil*
P955. Sérénissime assassinat, *par Gabrielle Wittkop*
P956. L'Ami de mon père, *par Frédéric Vitoux*
P957. Messaouda, *par Abdelhak Serhane*
P958. La Croix et la Bannière, par William Boyd
P959. Une voix dans la nuit, *par Armistead Maupin*
P960. La Face cachée de la lune, *par Martin Suter*
P961. Des villes dans la plaine, *par Cormac McCarthy*

P962. L'Espace prend la forme de mon regard,
par Hubert Reeves
P963. L'Indispensable Petite Robe noire, *par Lauren Henderson*
P964. Vieilles Dames en péril, *par Margaret Yorke*
P965. Jeu de main, jeu de vilain, *par Michelle Spring*
P966. Carlota Fainberg, *par Antonio Munoz Molina*
P967. Cette aveuglante absence de lumière,
par Tahar Ben Jelloun
P968. Manuel de peinture et de calligraphie,
par José Saramago
P969. Dans le nu de la vie, *par Jean Hatzfeld*
P970. Lettres luthériennes, *par Pier Paolo Pasolini*
P971. Les Morts de la St Jean, *par Henning Mankell*
P972. Ne zappez pas, c'est l'heure du crime, *par Nancy Star*
P973. Connaissance de la douleur, *par Carlo Emilio Gadda*
P974. Les Feux du Bengale, *par Amitav Ghosh*
P975. Le Professeur et la sirène
par Giuseppe Tomasi di Lampedusa
P976. Éloge de la phobie, *par Brigitte Aubert*
P977. L'Univers, les dieux, les hommes,
par Jean-Pierre Vernant
P978. Les Gardiens de la Vérité, *par Michael Collins*
P979. Jours de Kabylie, *par Mouloud Feraoun*
P980. La Pianiste, *par Elfriede Jelinek*
P981. L'homme qui savait tout, *par Catherine David*
P982. La Musique d'une vie, *par Andreï Makine*
P983. Un vieux cœur, *par Bertrand Visage*
P984. Le Caméléon, *par Andreï Kourkov*
P985. Le Bonheur en Provence, *par Peter Mayle*
P986. Journal d'un tueur sentimental et autres récits
par Luis Sepùlveda
P987. Étoile de mer, *par G. Zoë Garnett*
P988. Le Vent du plaisir, *par Hervé Hamon*
P989. L'Envol des anges, *par Michael Connelly*
P990. Noblesse oblige, *par Donna Leon*
P991. Les Étoiles du Sud, *par Julien Green*
P992. En avant comme avant !, *par Michel Folco*
P993. Pour qui vous prenez-vous ?, *par Geneviève Brisac*
P994. Les Aubes, *par Linda Lê*
P995. Le Cimetière des bateaux sans nom
par Arturo Pérez-Reverte
P996. Un pur espion, *par John le Carré*
P997. La Plus Belle Histoire des animaux
P998. La Plus Belle Histoire de la Terre
P999. La Plus Belle Histoire des plantes

P1000. Le Monde de Sophie, *par Jostein Gaarder*
P1001. Suave comme l'éternité, *par George P. Pelecanos*
P1002. Cinq Mouches bleues, *par Carmen Posadas*
P1003. Le Monstre, *par Jonathan Kellerman*
P1004. À la trappe !, *par Andrew Klavan*
P1005. Urgence, *par Sarah Paretsky*
P1006. Galindez, *par Manuel Vázquez Montalbán*
P1007. Le Sanglot de l'homme blanc, *par Pascal Bruckner*
P1008. La Vie sexuelle de Catherine M., *par Catherine Millet*
P1009. La Fête des Anciens, *par Pierre Mertens*
P1010. Une odeur de mantèque,
par Mohammed Khaïr-Eddine
P1011. N'oublie pas mes petits souliers, *par Joseph Connolly*
P1012. Les Bonbons chinois, *par Mian Mian*
P1013. Boulevard du Guinardo, *par Juan Marsé*
P1014. Des Lézards dans le ravin, *par Juan Marsé*
P1015. Besoin de vélo, *par Paul Fournel*
P1016. La Liste noire, *par Alexandra Marinina*
P1017. La Longue Nuit du sans-sommeil, *par Lawrence Block*
P1018. Perdre, *par Pierre Mertens*
P1019. Les Exclus, *par Elfriede Jelinek*
P1020. Putain, *par Nelly Arcan*
P1021. La Route de Midland, *par Arnaud Cathrine*
P1022. Le Fil de soie, *par Michèle Gazier*
P1023. Paysages originels, *par Olivier Rolin*
P1024. La Constance du jardinier, *par John le Carré*
P1025. Ainsi vivent les morts, *par Will Self*
P1026. Doux Carnage, *par Toby Litt*
P1027. Le Principe d'humanité, *par Jean-Claude Guillebaud*
P1028. Bleu, histoire d'une couleur, *par Michel Pastoureau*
P1029. Speedway, *par Philippe Thirault*
P1030. Les Os de Jupiter, *par Faye Kellerman*
P1031. La Course au mouton sauvage, *par Haruki Murakami*
P1032. Les Sept plumes de l'aigle, *par Henri Gougaud*
P1033. Arthur, *par Michel Rio*
P1034. Hémisphère nord, *par Patrick Roegiers*
P1035. Disgrâce, *par J. M. Coetzee*
P1036. L'Âge de fer, *par J. M. Coetzee*
P1037. Les Sombres feux du passé, *par Chang Rae Lee*
P1038. Les Voix de la liberté, *par Michel Winock*
P1039. Nucléaire chaos (titre prov) inédit.,
par Stéphanie Benson
P1040. Bienheureux ceux qui ont soif..., *par Anne Holt*
P1041. Le Marin à l'ancre (sous réserve, film)
par Bernard Giraudeau